冷血な鬼の皇帝の偽り寵愛妃

望月くらげ

STARTS
スターツ出版株式会社

それまで纏《まと》っていた円領袍《えんりょうほう》を脱ぎ、襦裙《じゅくん》に身を包む。
すぐそばに立つ彼を見上げると、
銀色の髪を揺らしながら優しい瞳で私を見つめていた。
「白雪《はくせつ》、お前の居場所はここだ」
そう、ここは私の選んだ場所。
彼とともに歩む未来のために――。

目次

冷血な鬼の皇帝の偽り寵愛妃

第一章　無機質な満月の輝く夜に

紅《こう》白雪は埃《ほこり》の舞う古い大部屋で、先ほど渡された薄墨色の円領袍を汗衫《かんさん》の上から身に纏った。布地はお世辞にもいいものだとは言えないけれど、今ここでこれを着られていることが奇跡なのだ。

首から下げた小袋の中にある玉《ぎょく》の感触を、汗衫の上から確かめる。

(変では、ないですよね)

今の立場では銅鏡を持っていることさえ奇妙に映るので、自分の姿がおかしくないかどうか確認することもできない。

「お、着替え終わったか?」

不安に思いながら立ち尽くしていた白雪に、部屋に入ってきた男が声をかけた。同じく薄墨色の円領袍を身に纏ったその男は、持っていた幞頭《ぼくとう》を白雪の頭に被《かぶ》せた。

「これでどっからどう見ても宦官《かんがん》だ」

(どこから、どう見ても)

その言葉に安堵《あんど》すると同時に、もう引き返せないところまで来てしまったのだという事実が白雪の心を震わせる。

拱手《きょうしゅ》の礼を取るときと同じように拳を自分自身の手のひらで包み込むと、ぬくもりを確かめる。

(待ってて、瑞雪《ずいせつ》。大丈夫、きっとうまくいく。絶対に、あなたの死の真相を暴いて仇《かたき》を討ってみせるから)

拳を握り目を閉じる。瞼《まぶた》の裏には白雪と同じ顔をして笑う双子の姉、瑞雪の姿が思い浮かんだ。二度と会えない半身の姿が――。

◇◇◇

静かに、足音を立てないように回廊を歩く。窓に目をやると、円領の褠衣《こうい》を着て褲《こ》を穿《は》いた白雪の姿があった。

十四歳という年齢にしては少し幼く見える大きな目。日の光に当たっていないことがわかる白い肌。かさついた唇はうっすらと血がにじんでいるようにも見える。そして、手入れをすることもなく伸びきった髪は後ろでひとつにまとめている。

これで本当に男性に見えているのか、白雪自身にはわからない。性別どころか、白雪についてさえ誰かが口にするところを聞いたことはなかった。

他人の前では口を開くことも、顔を上げるのも許されない。部屋から出られるのは、父である紅徳明《とくめい》によって許されたときのみだ。

正面からやってくる奴婢《ぬひ》は白雪に気づき頭を下げはするけれど、関わり合いになりたくないという空気を漂わせている。そんなふうに思わせてしまっている状況に申し訳なさを覚えながら、白雪は足早に奴婢たちの前を通り過ぎた。

「んんっ」

喉仏を押さえ咳払《せきばら》いをすると、白雪は書房の前で膝をついた。中には徳明がいるはずだ。自身の拳を反対の手のひらで硬く握りしめる。伝わってくるぬくもりが、少しだけ勇気をくれた。

「父上、白《はく》にございます」

回廊に響く自分の声は、女性らしさとはほど遠い低く太いものだった。

「入れ」

徳明の言葉に、戸を開け室内へと足を踏み入れ両膝をついた。なにを言われるかなどわかっている。

徳明は不機嫌さを隠すことなく、書卓に肘をついたまま白雪へと視線を向けた。

「昨日、客人の前に姿を現したそうだな」

「それは──」

「言い訳などいらん！　お前は俺が呼んだとき以外は部屋から出るなと言ったはずだ！」

怒鳴る徳明にもう一度「申し訳ございませんでした」と頭を下げる。あとは徳明の気が済むまで、叱責され続けるだけ。

「……もういい、戻れ」

「承知いたしました」

ようやく解放されたのは、四半刻ほど経《た》ってからだった。

「……白」

「はい」

書房を退室しようとした白雪を、徳明は呼び止める。

「瑞雪のところには行くな。わかったな」

「……わかっております」

もう一度頭を下げると戸を閉め、白雪は息を吐いた。

紅徳明。それは女として生まれた白雪に男物の服を着せ、女として育てることを許さず、そして白雪という名さえも取り上げた男の名だった。

徳明が命じたその日から、白雪と呼ぶ者はいなくなった。今では、ただひとりを除いて。

「白雪！　こっち、こっち！」

母屋の一室から顔を出したのは、紅瑞雪。

白雪と似た大きな瞳は、希望に満ちあふれているかのように輝いている。桃色に染まった頬と、朱を引いたようなそれでいて上品な唇は、いっそう瑞雪を魅力的に見せていた。そんな彼女は、紅家の〝ひとり娘〟であり――白雪の双子の姉でもあった。

瑞雪の言葉に慌てて辺りを見回すと、白雪は気配を消して瑞雪の部屋へと足を踏み入れる。

殺風景な白雪の部屋とは対照的に豪華な調度品の置かれた瑞雪の部屋は、焚《た》かれた香のためか、いい香りが漂っていた。

ひらひらと手を振る瑞雪は、青を基調とした襦裙に身を包み、長椅子に腰掛けている。

「駄目だって。大きな声で名前を呼んだりしたら。お父様に聞かれたらどうなるか……」

「大丈夫よ。それにお父様は私にはなにも言わないわ。大事な吉兆なんだから」

瑞雪はわざとらしく肩をすくめてみせた。白雪は苦笑いとも困り顔ともつかないような表情を浮かべるしかできない。

瑞雪と白雪。双子として生まれたふたりの運命が分かたれたのは、生後一週間目に行われた占いでのことだった。

「なにが吉兆と凶兆よ。馬鹿みたい」

瑞雪は不機嫌そうに眉をひそめる。けれど、そうやって思えるのは瑞雪が吉兆をその身に宿して生まれたからだ。

『双子の姉は吉兆を、双子の妹は凶兆を宿している』

その言葉を告げられた瞬間、時代が時代なら白雪はその場でくびられていてもおかしくはなかった。そうしなかったのは両親からの愛情――ではなく、ただ『凶兆を血縁の者の手で殺せば、さらなる不幸が舞い込む』という呪い師の言葉を恐れたからに過ぎない。

「だいたい、白雪っていう可愛《かわい》い名前があるのに、どうして白なんて呼ばせるのか意味がわからないわ」

「でも、そのおかげで私は生きていられるから」

喉を押さえず素の声で白雪はしゃべる。それができるのは、今ではもう瑞雪の前でだけだ。

「お爺《じい》さまがお元気だった頃は、ここまでひどくなかったのに」

「しょうがないよ。寿命には抗《あらが》えない」

父は白雪を生かす代わりに、名を、そして女としての性を奪った。名を白と改め、凶兆とされた〝双子の妹〟ではなく、〝男〟として育てると決めたのだ。

両親は、周囲には男女の双子が産まれたと嘘《うそ》をつき、吉兆の印である『龍鳳胎《りゅうほうたい》』が誕生したのだと触れ回った。ただし男児は身体《からだ》が弱く生まれたため人前には出さない、ということにして。

そんな白雪を唯一、瑞雪の妹として扱ってくれたのが祖父である宗元《そうげん》であった。祖父がいなければ、白雪は一生自分を白だと信じたまま生きていたはずだ。

「お爺さまのおかげで、私は白雪を弟だと思うことも、あの忌々しい『白』という名で呼ぶこともなく育ってこられた。それは本当に幸運だったわ」

同じ顔をした瑞雪が、白雪と同じような考えを口にする。それがおかしくて、気づけば笑い声が漏れていた。

「ふふ」

「なに？」

口元を押さえて笑う白雪を、瑞雪は興味深そうに覗《のぞ》き込む。

「ううん、同じこと考えてたなって」

やっぱり双子だね、とつい口走りそうになって、唇を噛《か》みしめた。豪華な襦裙を身に纏う瑞雪と、粗末な構衣姿の白雪。双子と言うには差がありすぎていた。

「そんな顔、しないで」

瑞雪は白雪の身体をそっと抱きしめる。着物に焚き染められた香の香りが、ふわっと鼻腔《びこう》をくすぐった。

「あなたは私の大切な妹なんだから」

「……うん」

「あ、そうだ。白雪と一緒に食べるつもりで取っておいた糖果があるの。ちょっと待ってて。それにこの間新調した襦裙、きっと白雪に似合うと思うの」

身体を離すと、瑞雪は籠《かご》を覗き込みながら白雪に話し続ける。

いつもこうやって白雪のために甘いものや美味《おい》しいものを隠しておいて、自分ではなく白雪に似合う襦裙を仕立ててもらい着せてくれる。

優しさと、それから申し訳なさが交じった瑞雪の気持ちに白雪は気づいていたけれど、優しさ以外は知らないふりをした。きっとそれを瑞雪も望んでいるはずだから。

にわかに屋敷が騒がしくなったのは、年の瀬を迎え奴婢だけでなく屋敷全体がどこか慌ただしい日々を送っていた頃だった。

徳明に命じられ倉庫の掃除を行っていた白雪がなにかあったのかと辺りを見回すと、近くを歩いていた下女たちが興奮した様子で話しているのが聞こえてくる。

「瑞雪様が……！」

「瑞雪？」

ふいに聞こえてきた半身の名前に、白雪は耳を澄ませふたりの話を盗み聞いた。

どうやら急逝した先帝の代わりに、皇太子だった胡星辰《こせいしん》の即位が決まったようだ。

その結果、今までの後宮が解体され新たに後宮が設けられることになったらしい。そしてそこに――。

「瑞雪！」

　倉庫の掃除もほどほどに飛び出すと、白雪は瑞雪の部屋の扉を開けた。視線の先には開け放たれた窓から庭の木々を穏やかに見つめる瑞雪の姿があった。

「あら、白雪。あなたから来てくれるなんて珍しいわね」

　入り口に立ち尽くす白雪を見て、瑞雪は小さく微笑《ほほえ》んだ。

「なんて、ね。その表情だと聞いたのね」

「どうして……！」

「とりあえず、こっちに来て。そこで騒いでいたら、お父様たちが来てしまうわ」

　そう言われると大人しく従うしかない。静かに頷《うなず》いて部屋の中へと足を踏み入れると、おいでと手招きをする瑞雪の隣に腰を下ろした。

「ふふ、白雪。あなた顔に汚れがついてるわ」

　瑞雪は細く綺麗《きれい》な指先で、白雪の顔を拭う。その手を白雪は、まるで同じ女性のものとは思えないほどに荒れて傷んだ手で掴《つか》んだ。

「そんなのどうでもいいの。ねえ、瑞雪の後宮入りが決まったってどういうこと？　嘘だよね？」

「嘘なんてついてどうするの」

　ふっと柔らかい笑みを瑞雪は浮かべる。けれど、白雪にとってその答えは到底納得のできるものではなかった。

「でも……！　それで瑞雪は幸せなの？」

「幸せに決まってるでしょ。後宮よ？　皇帝陛下の妃になるのよ」

「けど、だって、好きでもない人と……」

いくら皇帝陛下の妃となれるのだとしても、白雪には理解できなかった。

「皇帝陛下は素敵な方よ」

「そうなのかも、しれないけど。でも……」

白雪たちが暮らす『鬼華国《きっかこく》』は、鬼の一族が統べる国だ。皇帝一族として君臨する彼らの容姿は非常に美しく、見る者を魅了する。特に人のものとは比べものにならないほど綺麗な銀色の髪は、まるで暗闇に落ちるひと筋の光のようだと噂《うわさ》されていた。

「後宮に上がれるなんて、女性にとってはなにより名誉なことよ。二十一歳という若さで即位した新帝の胡星辰様の手腕は、皇太子時代から官吏や庶民はもちろん周辺諸国にまで響き渡っているほどなんだから」

まるで白雪に言い聞かせるために諳《そら》んじているかのような言葉だった。

「瑞雪は、本当にそれでいいの？」

「ええ。ただ、今みたいに白雪を守ってあげられなくなるのだけが心配かな」

「私は……」

今までどれだけ瑞雪に助けられたかわからない。けれど、だからこそ瑞雪の足かせにはなりたくなかった。

「私は大丈夫。だから、瑞雪はちゃんと幸せになって」

白雪の言葉に、瑞雪は少しだけ言葉に詰まったあと「ありがとう」と柔らかく微笑んだ。

「それで、いつ――」

白雪が尋ねようとしたそのとき、瑞雪の部屋の扉が無遠慮に開け放たれた。

「おい、白。お前、ここでなにをしている」

「あ……」

つかつかと部屋に入ってきたのは徳明だった。じろりと白雪を睨《にら》みつけると、忌々しげに口を開いた。

「命じてあった倉庫の掃除は終わったのか」

「それ、は……」

口ごもる白雪をかばうように、瑞雪が立ち上がった。

「お父様、白は私の後宮入りを祝いに来てくれたのです。今日ばかりは私に免じて許してやってください」

「ふん。なら仕方ないな。それにしても、吉兆と凶兆とはよく言ったもんだ」

徳明は白雪と瑞雪を見比べると、鼻で笑う。

「瑞雪は皇帝の嫁となり、わが一族との繋《つな》がりを作ってくれる。それに比べてお前はどうだ？　なんの役にも立たない、出来損ないが。親父の反対と呪い師の言葉がなければ、お前など凶兆の印が出た瞬間にくびり殺してやっというのに」

「お父様！」

怒ったような声を出す瑞雪に対して、徳明はわざとらしく怖がってみせた。

「おお、怖い。瑞雪、お前には期待しているぞ。俺やお前の兄である李白《りはく》の出世のためにも陛下に気に入られてこい」

それだけ言うと、徳明は瑞雪の部屋をあとにする。白雪に「さっさと掃除に戻れ」と命令するのを忘れずに。

それからの日々はあっという間に過ぎ去った。後宮入りの準備で忙しいらしく、瑞雪とふたりきりで話す時間を作ることはできなかった。

（このまま会えなくなってしまうのは嫌……！）

白雪は後宮入りの前夜、足音を忍ばせて瑞雪の部屋へと向かった。

「瑞雪、今いい……？」

部屋の前で呼びかけると、静かに戸が開いた。

「私も、今白雪のところに行こうと思ってたの」

涙で濡《ぬ》れた目で白雪を見ながら、瑞雪は嬉《うれ》しそうに笑った。

長椅子に座る瑞雪の隣に白雪も腰を下ろす。なにから話そうか考えていると、白雪の手を瑞雪がそっと握った。その手は小さく震えていた。

「……今までありがとう」

白雪が感謝を伝えると、瑞雪は泣きそうな表情でこちらを向いた。

「なにが……！」

「私のために、怒ってくれて。たくさん守ってくれて、ありがとう」

「ちが……っ」

瑞雪は幼子がいやいやをするかのように、髪が乱れるのも気にせず何度も何度も首を振る。

「私は……私は白雪が思っているようないいお姉ちゃんじゃない！」

泣きそうな声で瑞雪は叫ぶ。白雪はただその手を握りしめることしかできない。

「本当は心のどこかでずっと、凶兆と言われたのが自分じゃなくてよかったって思ってた。でもそんなこと思うのは最低で、だからその罪滅ぼしのためにあなたに優しくしていたの！　最低な人間なの！」

白雪が苦しんでいたのと同様に、きっと瑞雪も苦しみ続けてきた。逆の立場だったとしたら、白雪だって同じように感じてしまうはずだ。

「瑞雪は優しいよ」

「白雪……」

「罪滅ぼしだったとしても、私は瑞雪に救われてきたし、瑞雪がいなければきっと、こんな生活には耐えられなかった」

瑞雪の手を強く握りしめると、白雪は笑みを浮かべた。

「幸せになって」

「私……」

目を真っ赤にして唇を噛みしめると、瑞雪は目を伏せ苦しそうな表情を浮かべながら口を開いた。

「本当は私じゃなくて、白雪が後宮に行くのがいいんじゃないかって何回も考えたわ。ここから解放されて新しい人生を歩むほうが、白雪にとって幸せなのかもって」

「私なんて……」

「でも、新帝は美しい顔立ちとは裏腹に残忍な人だとも噂されているから。ここよりももっとひどい状態になったらって思うと心配で……」

自分がそんなところへ行くことになるというときまで白雪を心配してくれている瑞雪の、どこが優しい人じゃないというのだろう。

俯《うつむ》く瑞雪の身体を、白雪はそっと抱きしめた。瑞雪も、白雪の背中に腕を回す。

「いつかこんな間違った状況から抜け出して、あなただけを見てくれる人と幸せになるのよ」

「わ、私はそんな……」

動揺して身体を離す白雪に、瑞雪は片目をつぶってみせた。

「好きな人、いるんでしょ」

「ち、ちが。あれは、その……ずっと昔の、大切な思い出ってだけで……」

「顔、真っ赤よ」

「も、もう！　からかわないでよ」

怒ってみせる白雪を、瑞雪は笑う。

こんなふうに笑い合える日がなくなってしまうのは、寂しくて仕方がない。生まれてこの方ずっと一緒に生きてきた半身と離れるなんて、想像しただけで身が引き裂かれるようにつらく悲しい。けれど、生きる場所が違ったとしても瑞雪が幸せに笑ってさえいてくれればそれでよかった。

「私も後宮で幸せになってみせるわ。だから、白雪も幸せになって」

「……うん」

もう一度固く抱きしめ合う。

まさかこれが、瑞雪に触れる最後になるなんて、思いもしなかった――。

瑞雪が後宮に上がってから一年と少しが経った。年が変わり、白雪は十五歳になっていた。

あの日から白雪は、瑞雪のいなくなった屋敷で変わらぬ日々を過ごしている――わけではなかった。

瑞雪がいないのに白雪がいる、その状況は両親にとって忌々しい以外の何物でもなかったようで、白雪の扱いはひどさを増している。

かろうじて母屋の隅にあった白雪の部屋は、使用人たちの住む離れへと追いやられた。窓のない衾褥《きんじょく》を敷けばいっぱいになってしまうほどの狭さで、白雪はひとり夜が来るのを待っていた。

部屋を出ることを許されるのは使用人が皆寝静まった夜中のみ。食事は一日に二度、部屋の前に置かれたものを食べるばかりだった。

「あ……あー……」

誰にも聞こえないぐらいの小さな声を出す。わずかに聞こえる自分の声だけが、白雪がまだ生きていると教えてくれる。

誰とも話さず、関わることなく、ただここにいるだけ。生きているのに死んでいる、まるで幽霊のような生活を白雪は送っていた。

ひとりでこうしていると、瑞雪のことをよく思い出す。

一緒に食べた包子《パオズ》、こっそりと厨《くりや》から取ってきてくれた蜜芋、白雪が好きだからと自分の分までくれた干し葡萄《ぶどう》。

いつだって瑞雪の行動は白雪のためだった。なのに、白雪は瑞雪にいったいなにができたのだろう。なにか、できたのだろうか。その答えは、今もわからない。

その日も白雪は、ひとり息をひそめ部屋の隅で足を投げ出して座っていた。外が騒がしくなっているので、朝を迎えたはずだ。そろそろ空腹を感じる頃のはずなのに、食べたいと思えない。いっそこのまま――。

「瑞雪様が⁉」

その声は、いつかと同じ言葉のはずなのに、まったく意味が異なって聞こえた。瑞雪になにかあったのだろうか。

「ずい、せつ……」

大切な半身の名を呼んだ瞬間、涙があふれるのを止められなかった。

瑞雪に会いたい。瑞雪の声が聞きたい。触れて、話をして、笑い合って、それで――。

「瑞雪様がお亡くなりになられたなんて」

「……え？」

耳に届いた言葉の意味が、白雪には理解できなかった。

誰が、亡くなった？　瑞雪となんの関係が？　瑞雪が――死んだ？

「……っ！」

「きゃっ」

開けてはいけない戸を勢いよく開け放つと、白雪は回廊を駆けた。戸の近くにいた下女も、回廊を歩いていた使用人も、庭で草むしりをしていた奴婢も、白雪の突然の行動に驚きを隠せず声をあげる者さえいた。でも白雪には周りを気にする余裕なんて欠片《かけら》もなかった。

「お父様！」

挨拶も名乗りも忘れ、開いていた扉から居間へと足を踏み入れた。

「白！　誰もお前など呼んでは……！」

「瑞雪が亡くなったというのは本当ですか⁉」

怒鳴りつけようとする徳明の声を上回る声量で問いかける。こんなに大きな声、今まで出したことがない。喉の奥がヒリヒリと痛む気がするけれど、そんなことはどうでもよかった。

「お父様！」

「……もうあいつの話はするな」

実の娘が死んだというのに、忌々しげに言い捨てる徳明が理解できない。

「どうして!?」

「理由などない。あいつのことは忘れろ」

「そんな……」

要領の得ない徳明の言葉に、白雪はその場に崩れ落ちた。徳明の奥では母親である寿麗《じゅれい》が肩を震わせて泣いている姿が見える。いったい瑞雪になにがあったというのだろうか。

「病死、ですか」

「知らん」

「では事故にあったとか」

「うるさい、さっさと出ていけ。ここにいるのを許した覚えはない！」

ものすごい剣幕に追い立てられるように、白雪は居間をあとにした。

白雪のことは忌々しく思っていた両親だったけれど、瑞雪のことは可愛がっていた。

それなのに、どうして。

「くそっ」

徳明が悪態をつくのが聞こえ、思わず回廊で足を止めた。

「本当に迷惑なやつだ。後宮で殺《あや》められるなど」

「え……？」

耳にした言葉に、声を失った。

「殺め、られた？」

ふらふらとした足取りで、白雪は居間へと戻る。ぎょっとした顔で徳明は白雪に視線を向けた。

「なにを……！」

「瑞雪は、誰かに殺されたのですか？」

震える声で尋ねた白雪に、両親はなにも発しない。肯定もしないけれど、否定をすることもなかった。それが、答えだ。

「嘘……瑞雪が、誰かに……」

「さっさと戻れと言っただろう！　これ以上刃向かうのであれば、引きずってでも部屋へと連れていくぞ！」

徳明の言葉など、もう怖くはない。ただ、この場所にこれ以上いてもなにかを話してくれることはないだろう。

仕方なく頭を下げ、今度こそ居間をあとにしようとする。けれど、白雪が居間を出るよりも早く、寿麗が口を開いた。

「これなら、やはり白を後宮に送ればよかったのですよ」

「どういう意味です……？」

「そのままの意味よ、ねえ徳明様」

振り返った白雪の問いかけに、寿麗は焦点の合わない目でこちらを見ながらにんまりと笑った。その隣で眉間に皺《しわ》を寄せたまま徳明が口を開く。

「瑞雪の身に危険が及ぶのを避けたいと考えるのは当然だろう。我が家の吉兆だからな。だが、皇帝との繋がりはほしい。それならお前を後宮に送ればいい。利用価値はなくとも、身体は女のそれだからな」

「なっ……！」

言葉の意味を理解し、無意識のうちに自分自身の身体を両腕で抱きしめるようにして隠した。

今まで男として育ててきたくせに、こんなところで女性の身体を利用しようとするなんて許せない。湧き出てくる嫌悪感に、顔を歪《ゆが》ませる。

けれど白雪の反応など気にもならないのか、徳明はひとり話を続けた。

「それを瑞雪がどうしても自分が行きたいと言い張りやがって」

「瑞雪が？　どうして……」

「知らん。だが、お前を影武者にしようとした話を聞かれた際に『白に皇帝の妃が務まるわけがありません』と主張してきてな」

「え……？」

苦々しく徳明は表情を歪める。けれど白雪には、それが瑞雪の口から発せられたとはとてもじゃないが信じられず、戸惑いを隠せなかった。

「『粗相をして紅家に対しての評価が下がるほうが問題では？』と言われ、それも確かにと納得したのだが。これならお前が後宮で死ねばよかったのにな」

実の父親のものとは思えない言葉に、胸をえぐられたような痛みを感じる。けれど、それ以上に瑞雪の真意が気になった。

『本当は私じゃなくて、白雪が後宮に行くのがいいんじゃないかって何回も考えたわ。ここから解放されて新しい人生を歩むほうが、白雪にとって幸せなのかもって』

不意に、瑞雪の言葉がよみがえる。そうだ、あのとき瑞雪は白雪が実家を出られるほうがいいのではと言っていた。でも――。

『新帝は美しい顔立ちとは裏腹に残忍な人だとも噂されているから。ここよりももっとひどい状態になったらって思うと心配で……』

「あ……」

「なんだ？」

「い、いえ。失礼します」

浮かび上がった可能性に、白雪は唇を震わせる。けれどそれを徳明に気取られないようにして、居間をあとにした。

「はあ……はあ……」

息が上がるのも気にすることなく、白雪は自分の部屋へと駆け込む。途中、下女たちが何事かと白雪に視線を向けていたけれど、声をかけられずに済んだのは今までの生活のおかげだと思うとありがたくもあり、悔しくもあった。

「ずい……せつ……」

壁に背をもたれかからせ、ずるずると滑り落ちるように座り込む。

「私のため、だったんだね」

白雪を後宮に行かせないために、白雪を守るために、瑞雪は後宮へと向かった。もしかしてこうなることがわかっていたのだろうか。わかっていて後宮に向かったのだろうか。

「ずいせ……ううっ、う、うう……」

涙があふれ出て頬を伝い、床に小さな染みを作っていく。

もう瑞雪に会えない。もう笑い合うことも、抱きしめ合うこともできない。

「なんで……どうして……」

どうして瑞雪が死ななければならなかったのだろう。

どれぐらいそうしていたのか。泣きすぎて冷たく湿った袖で目元を拭うと、白雪は立ち上がった。

重い足を引きずるようにしながら母屋へと向かい、ある部屋の戸を開けた。そこは瑞雪の部屋だった。後宮で使うためのものは新しく誂《あつら》えたので、出ていったときのままなにも変わっていないはずなのに、主《あるじ》のいない部屋は寂しく、そしてもの悲しく見えた。

「瑞雪が死んだなんて……」

そんなはずはない。きっと悪い嘘で騙《だま》されているのだ。そう信じたいのに、先ほどの両親の態度を見ていると、もうこの世に瑞雪はいないと思い知らされる。

「私を、守るために……」

あのとき自分が行くと言っていれば、今頃生きていたのは瑞雪だったかもしれない。

「瑞雪……ごめん……」

白雪の言葉は、誰もいない部屋に吸い込まれるようにして消えた。

瑞雪が死んだと告げられ身も心も引き裂かれるような苦しさを覚えたとしても、夜は更け日は昇る。腹も減れば眠気もやってくる。

涙はやがて枯れ、否が応でも日常を送らなければならない。

そして数日の時が経ち、ようやく白雪が、そして家族が瑞雪の死を受け入れ始めた頃、ふと疑問が浮かび上がった。

どうして瑞雪が死ななければいけなかったのだろう。

瑞雪の死を知ったとき、感情のままに問いただしたけれど両親は理由について話してはくれなかった。世間体と出世をなによりも大切にしている徳明だ。これ以上聞いたところでなにかを答えてくれるとは思えない。

けれど、父や兄の立場のために大切な半身の死を無条件で受け入れるなんて白雪にはできない。

「どうしたら調べられる……?」

後宮に入ることができるのは皇帝と宦官、それから妃嬪《ひひん》とその下女だけだ。男として生きている白雪に入る術《すべ》はない。

答えが出ないまま、ただ無情にも時間だけが過ぎていった。

そんなある日、転機は突然やってきた。

「失礼するわ」

「おかあ、さま……?」

白雪の部屋の戸が開き、光が狭い室内にあふれる。眩《まぶ》しさに目を細めながら声のした方を見ると、そこには寿麗と豪華な襦裙を手にした下女の姿があった。

「どう、なさったのです、か……？」

戸惑う白雪など気にも留めず、寿麗は後ろに控えていた下女に命じた。

「さっさとやってしまいなさい」

下女は寿麗に一礼をすると、無言で白雪の汗衫に手をかけた。

「やっ」

なにがどうなっているのかわからず抵抗しようとする白雪の頬を、痺《しび》れたような痛みが走った。

「え……」

それが寿麗に頬を叩《たた》かれたのだとわかるまでに時間が必要だった。

「どう、して」

「大人しくなさい」

冷たい視線を向けられればそれ以上なにも言えず、気づけば白雪は襦裙を身に纏い、綺麗に着飾られていた。

「ふん、そうやってればちゃんと女に見えるわね」

寿麗は白雪に冷ややかな視線を向けながら、唇を歪めて笑った。

「では、それを連れてきなさい」

「承知いたしました」

下女は頭を下げると、白雪の腕を掴む。

「離して……！　ひとりで歩けるから！」

振り払おうとする白雪の抵抗などおかまいなしに下女は腕を掴み歩き出す。白雪が引っ張られるがまま仕方なく回廊を歩いていくと、寿麗は徳明の書房の前で立ち止まり両膝をついた。

「連れて参りました」

「入れ」

徳明の返事を待ち、戸を開ける。中からは下卑た笑いを浮かべた徳明がこちらに視線を向けていた。

「上出来だな」

その視線の意味も、そして言葉の真意もわからない。けれどその表情から、徳明がろくでもない企みを考えているであろうことだけは想像がついた。

品なく笑う徳明に、白雪は冷ややかな目を向ける。

「なにを企んでいるのですか？」

「おお、父親にそんな口を利くとは、情けない。お前はこの家のひとり娘なのだ。もっと上品に振る舞いなさい」

「ひとり娘？　なにを言って……」

混乱する白雪を尻目に、徳明は話を続けた。

「双子の姉である瑞雪亡き今、お前は紅家のひとり娘。双子の妹でなくなったのだ、もう凶兆であるはずがない」

「そんな都合のいい話が……」

動揺して声が震える白雪に、徳明は口角を上げた。

「お前は生まれながらにして、女として生きれば早死にすると告げられた。だから我々はお前を男として育てると決めた。すべてはお前のためだったのだ」

「は……？」

自分の言葉に酔っているかのような口調で、徳明は話を続ける。

「だが、十六となった今、もう早く死ぬ心配もない。今日から本当の姿で生き、皇帝陛下の妃となるのだ」

「……っ」

ようやく、徳明の意図がわかった。

聞いたこともないような理由をでっち上げ、白雪が今まで男として育てられたそれらしい言い訳を述べる。そうやって紅家にもうひとり娘がいてもおかしくない理由を作ろうとしていた。

けれど、それは白雪にとって悪い話ではなかった。男の姿ではどう頑張っても入れない後宮に堂々と潜入ができる。後宮に入れさえすれば、瑞雪の死の真相を調べられるかもしれない。

一方で、瑞雪の死んだ後宮へ向かうと考えるだけで不安が押し寄せてくる。

『綺麗な顔立ちとは裏腹に、残忍な人』。瑞雪は皇帝陛下をそう表していた。

残忍だと噂される皇帝の妃となる。それは泣きそうなほどに怖い。でもこんな思いを押し殺してでも瑞雪は白雪を守ろうとしてくれたのだと思うと、胸の奥が締めつけられるように苦しい。

「話はこれで終わりだ」

これ以上話はないとばかりに、徳明は腕を振り上げてみせた。

なにかを言いたいけれどうまく言葉が見つからず、結局命じられるがままに書房をあとにする。

重い足取りで離れにある部屋へと戻ると、そこはもぬけの殻となっていた。私物などほとんどない白雪だったが、さすがに衾褥ぐらいは置いてあった。けれど、今はそれすらもなくなっている。

いったいなにが起きているのだろうかと狼狽《ろうばい》していると、背後から誰かが声をかけた。

「白雪様」

「……え？」

一瞬、誰のことを呼んでいるのかわからなかった。振り返った先にいた下女は、頭を下げて立っている。彼女が今、白雪を呼んだのだというのはわかる。けれど『白雪様』だなんて物心ついてから一度も呼ばれなかったせいで、戸惑い以外の感情は生まれない。

思わず「私？」と尋ねた白雪に、下女は頭を下げたまま「もちろんでございます」と答えた。

「旦那様より、今後白雪様には母屋の瑞雪様が使っていた部屋を使っていただくようにと申しつかっております」

「……そう」

どういうこと、と聞きたかった。けれど、きっとそういうことなのだろうと予想はついた。徳明は徹底的に白雪を瑞雪の代わりとするつもりなのだ。

「わかったわ」

それだけ言うと、白雪は回廊を歩き瑞雪の部屋へと向かった。

瑞雪の部屋は、瑞雪がいた頃となにひとつ変わっていない。今もこの部屋の主は瑞雪で、いつものように笑いかけてくれるのではないか、そんな錯覚さえ覚える。

けれどここにはもう瑞雪はいない。この部屋は、これから白雪のものとなる。まるで瑞雪のいた痕跡を白雪が上書きしていくみたいで、胸が締めつけられるような寂しさと苦しさが白雪を襲っていた。

あの日から一週間、白雪を取り巻く環境は一気に変わった。

円領の襦衣どころか、瑞雪がいなくなってから日がな一日汗衫だけで生活していた白雪が、今では一日として同じ襦裙を着ることはない。日に三度の食事に加え、点心や菓子も用意され、誰もが白雪にかしずき頭を下げる。そこにはもう、存在を秘匿され続けた〝白雪〟はいなかった。

下女のひとりが瑞雪の――今は白雪が使っている部屋に顔を出した。

「白雪様、お客様がお出《い》でです」

「私に……？　今は人と会う気分じゃなくて……」

「旦那様からのご命令です」

「……今行きます」

ため息をつくと、白雪は客人が待っている部屋へと向かった。未《いま》だに着慣れない、襦裙をその身に纏って。

「失礼します」

部屋の襖《ふすま》を開けると、長椅子に青みがかった緑色の長い髪を垂らした男性が座っていた。ひと目見て鬼華国の人間ではないとわかる風貌のその男性――水蘭《すいらん》は、白雪を見上げて柔らかな笑みを浮かべた。

「はじめまして、私は水蘭と申します。以後、お見知りおきを。今日は旦那様から白雪様への贈り物をお選びいただきに参りました」

「いえ、私は」

贈り物なんて求めていない。それも徳明からのだというのであればなおさらだ。必要ないと伝えようと首を振る白雪に対して、水蘭は有無を言わさない笑みを浮かべた。

「塞ぎ込んでいるから、なにかいい物を見繕ってきてほしいとのご要望を承っております」

白雪が向かいの長椅子に座ったのを確認すると、水蘭は持ってきていた包みを手に取った。

「さまざまな玉をお持ちいたしました。きっと白雪様のお気に召す玉があるかと」

卓の上に置かれた包みの中にはいくつもの玉が光り輝いていた。けれど、今の白雪にはどれも魅力的には見えない。

「いいえ、けっこうです」

「そうですか」

「ごめんなさい。父が私のためにあなたを呼んだのはわかっているのですが、どうしても玉をいただく気にはなれないのです」

腰を折る白雪に、水蘭は静かに首を振った。

「いえ、そういうときもありますよね。では、どうでしょう。持ってきた玉の説明だけ、一通りさせていただけませんか？」

「説明？」

「はい。なにもせずに帰ったとなると、旦那様から怒られてしまいますので」

困ったように笑みを浮かべる水蘭に、白雪は頷いた。

確かにこのまま帰してしまえば、父は水蘭を叱責するだろう。それなら適当に話を聞いて玉をどれかひとつ選んでしまったほうが、水蘭も白雪自身も面倒じゃなくていいのかもしれない。

「それでは見せていただけますか？」

白雪の言葉に水蘭は頷くと、持ってきていた玉を卓の上に並べた。

色とりどりの玉は確かに綺麗だったけれど、ひとつとして興味は持てなかった。そもそも玉が好きなのは母であり、白雪でも瑞雪でもない。そんなことすらわかっていない父に笑ってしまいそうになる。

水蘭はひとつひとつ玉について説明をしてくれる。心が落ち着くとか運気が上がるなど、思い込み次第で効果が変わりそうなものばかりだった。

せっかく説明をしてもらうのだから惹《ひ》かれるものがあればひとつぐらい、と考えていたものの、父を満足させるために必要のないものを買っても仕方がない。最後のひとつの説明が終わったら礼を言って帰ってもらおう。そう結論づけた白雪の目の前で、水蘭が最後のひとつを手に取った。

「こちらの玉は、持ち主の願いが叶《かな》うと言われています」

「そうですか。ありがとうございました。もうけっこうで――」

断りを入れようとした白雪に、水蘭はずいっと顔を近づけた。

「もしも願いが叶うとしたら、白雪様はなにを願いますか？」

「願いが、ですか」

突然近づけられた顔に仰《の》け反りながら白雪は答える。

水蘭の問いかけは唐突だった。でも、どんなときに尋ねられようと願いなんてひとつしかなかった。

「瑞雪の死の真相を知りたい。ううん、仇を討ちたい」

吐露した本音に、水蘭は不敵な笑みを浮かべた。

「では、この玉でそれが叶うとしたら？」

「そんなことあるわけ――」

馬鹿にされたと思い声を荒らげる白雪の言葉を、水蘭はにこやかに遮った。

「これには呪術が込められています」

「呪術、ですか？」

水蘭は玉を二本の指で摘《つ》まみ、白雪に見えるように掲げた。真っ赤な石の中にまるでうごめくように黒い文様が描かれたその玉は、どこかおどろおどろしいのに目が離せなくなる。

「この玉が、白雪様の願いを叶えます」

「どう、やって……」

玉が願いを叶えるなんて現実にあるわけがないと頭の中ではわかっているのに、気づけば白雪は水蘭に問いかけていた。

「たとえば……後宮に妃嬪として入宮する、とか」

「そう、ですよね。やはり後宮に入ろうとすると、それしか手はないですよね」

ためらう白雪に、水蘭は少し考え込むような表情を浮かべたあと、真剣な面持ちで言った。

「それしか手はない、というのは間違いです。他にも、後宮で暮らす者はおります」

「他にも……？」

「宦官です。宦官として後宮で働くのです」

「宦官って……」

思わず「ふっ」と笑ってしまった。女の白雪が宦官になんてなれるわけがない。白として過ごしていたときでさえ、男物の服を着せられ、胸を布で押しつぶしてはいたものの、実際には女の身体のままだった。

だから、きっとこれは水蘭なりに白雪を笑わせようとしているのだと理解した。笑話《じょうだん》に乗る道理はないけれど、瑞雪を亡くしてから喜怒哀楽の中の喜と楽が抜け落ちていた白雪にとって、不意打ちのような形であれ笑うことができたことは感謝すべきなのかもしれない。とはいえ、これ以上付き合うのも時間の無駄だ。そろそろ切り上げてもいい頃合いだろうと水蘭の方を向く。

けれど、真正面に座る水蘭は笑わせようとしているふうには見えなかった。それどころか、笑みひとつ浮かべていない。

「仇を討つためなら、呪術さえも利用する。その覚悟がありますか？」

怖いほど真剣な水蘭に、白雪は言葉に詰まる。まさか、本当に――。

水蘭の言葉に偽りはないのではないか。白雪の心にわずかばかりではあったけれど縋《すが》る気持ちが生まれた。

「あのっ」

白雪は身を乗り出しそうになるのをこらえて、水蘭に声をかけた。

けれど追いかけようとすれば逃げる蝶《ちょう》のように、白雪が興味を持った瞬間、水蘭は表情を崩し、手に持った玉を握りしめた。

「なんて、今の話は忘れてください。そんな覚悟など、ない人のほうが多いのですから」

これで話は終わり、とばかりに玉を片付け始める。ひとつ、またひとつと。そして、最後にあの赤い玉を入れようとしたところで。

「待ってください！　本当に、宦官として後宮に入れるのですか……？」

知らず知らずのうちに手を伸ばし、声を出してしまっていた。必死になる白雪に、水蘭はにこやかに微笑んだ。

「はい。呪術によってあなたの身体は男のものとなるのです」

そんなことができるなんて。

「呪術って、便利なのですね」

思わずつぶやいてしまった言葉に、水蘭がわずかに目を伏せた。

「必ずしもそうとは限りませんけどね」

「え？」

「いえ、こちらの話です」

うまく聞き取れず首を傾《かし》げるけれど、水蘭にはぐらかされてしまう。もう一度聞き返してみてもよかったのだけれど、それよりも男の身体になれるという言葉が白雪の意識を奪った。

その玉があれば、男として後宮に潜入できる。瑞雪の死の真相がわかるかもしれない。

目の前の卓に手をつくと、勢いよく水蘭に向かって頭を下げた。

「その玉を、私にください」

自身の左手を右手で握りしめる。もう後戻りはできない。

少しの沈黙のあと、水蘭は口を開いた。

「……いいですよ」

「本当ですか!?」

「はい」

にこやかな笑みを浮かべたかと思うと、水蘭は白雪の目の前に右手を差し出した。

手のひらの上には、赤い玉があった。

白雪は恐る恐るそれを指で摘まむ。見た目も大きさもただの玉に見えるけれど、黒くうごめくように描かれた文様のせいで、どこか異質に見えた。

「満月が空に輝く夜、これを月明かりに当ててください。その後、肌身離さず持ち続けていただくと三日ほどで呪術が完成します」

「ありがとうございます」

これで宦官になれる。瑞雪の仇が討てる。そう考えて、ふと気づいてしまう。

「ですが、どうやって宦官の職に就くのでしょうか？　水蘭様にはなにか伝手《つて》でも？」

「ええ。そちらは私が手配をいたしましょう」

「本当に？」

あまりにも簡単に請け合う水蘭に不安になる。けれど白雪の不安をよそに、水蘭は話を進めていく。

「ええ。今宵はちょうど満月。ですので、二日後の同じ時間に迎えに参ります」

「三日後ではなくてですか？」

「三日後でもよろしいですが、その場合ご家族にも男の姿形を見られることとなります。それでも大丈夫ですか？」

それは困る。白雪が「二日後でお願いします」と頭を下げると、水蘭は頷いた。

「旦那様へは妃嬪として入宮するという話にしておきましょう。そのほうが話が通しやすい」

「入宮……」

「ええ。旦那様は止めはしないと思いますので」

「そう、ですね」

水蘭の言う通り、父が止めるわけはないだろう。むしろ喜ぶに違いない。

瑞雪が死に、野心の強い父が真っ先に頭を抱えたのは皇帝からの不興を買わないかどうかだった。死因について追及できなかったのも、そのあたりが原因だろう。

危険がないとは思わない。でも今は瑞雪の死の真相を知りたいとしか考えられなかった。

「よろしくお願いします」

「承知いたしました。それでは二日後、お迎えに参りますのでご準備のほどよろしくお願いいたします」

一礼すると、水蘭は部屋をあとにする。

残された白雪は、深いため息をつき長椅子の背にもたれかかるようにして身を投げ出した。襦裙が皺になるのを気にする余裕もなかった。

手のひらの上には、先ほど水蘭から受け取った玉がひとつ。これを今晩、月明かりに当てておけば……。

「もう、引き返せなくなる」

拳を握りしめ、手のひらの玉の感触を握りしめた。

「もう戻るつもりなんて、ない」

たとえ二度と、この家に戻れなかったとしても。

太監・邦翠霞による調査報告　其の一

昼間は騒々しい後宮がようやく寝静まった頃、鬼華国皇帝・胡星辰の元をひとりの男が訪れていた。

男は邦翠霞《ほうすいか》といい、後宮にて宦官を束ねる太監《たいかん》という役職に就いている。星辰と同い年にもかかわらず若く見られる外見のせいで、宦官たちから舐められないようにわざと眉間に皺を寄せるという涙ぐましい努力をしていた。

そんな翠霞は橙色《だいだいいろ》の円領袍に身を包み、幞頭を被り星辰の足下で膝を折った。

「頭を上げろ。それで？　証拠は掴めたのか？」

近頃、後宮内で妙な事件が起きている。宮女が行方不明になったり嬪が不審死をとげたり。犯人の目星はついているのだが、動けないのには理由があった。

「それが、そのあたりは女も巧妙でして。自身で手を下すことがないのでなかなか」

「ちっ。父親のことがなければ、証拠など関係なく殺しているのだが」

代替わりをして一年以上が経ったといえど、未だに外朝は星辰の父親の代に重鎮だった者で固められていた。

「いかがいたしましょう」

「もう少しだけ放っておけ。ただし目は離すな。わかったな」

「御意にございます」

拱手の礼を取る翠霞に「他になにもなければ下がれ」と告げると、「そういえば」

と口を開いた。

「とある方から『古くからの知り合いに頼まれた』と言われ、若い宦官がひとり増えました」

「先帝の時代を生きた古狸《ふるだぬき》か。どうせ小銭欲しさだろ。それで？　身元はきちんとしているのか」

父である先帝は、領地を広げ支配地域を増やすことに楽しみを覚えていた。そのせいで、内政は金と欲にまみれた貴族たちにいいようにされていた。

ただの人間のひとりやふたりであれば、星辰の持つ鬼の力でなんとでもできる。だが、先帝のそばで甘い汁を吸い続けた人間たちは、鬼の力に抗力があるのか、はたまた先帝からなにかを授かっていたのか、星辰の力ではどうにもできずにいた。

「孤児のようで親族はいないらしいのですが、連れてきた男の身元はしっかりとしていたので大丈夫かと」

「ならいい。後宮のことはお前に任せてある。……悪いな、皇后がいればお前ひとりに負担をかけることはないのだが」

思わず漏れた本音に、翠霞が「星辰」と今はもう誰も口にしない名を呼んだ。

「俺のことは気にするな。お前はお前にしかできないことをしろ」

「……そうだな」

かつてはともに駆け回った日々もあった友の言葉に、星辰は頷いた。

「では、私はこれで」

「ああ、翠霞。ひとつだけ。新しく入った者の名はなんという」

念のため気にかけておこう。それぐらいの軽い気持ちだった。

「蒼《そう》白雪という十五、六の子どもだ」

「蒼、白雪？」

聞き覚えのある名に、書類をめくる手が止まった。だが、あのときの子どもは女だ。妃としてならまだしも、宦官として入ってくるわけがない。

「どうかしたか？」

「いや、なんでもない。下がれ」

「……承知いたしました」

腰を折り、翠霞は星辰の私室をあとにする。

書類を置き、窓際の長椅子へと腰を下ろす。

「白雪、か」

「あの子どもは、元気にしているだろうか」

無邪気に笑いかけてくる笑顔を思い出して、ふいに口元が緩んだ星辰を、欠け始めた月だけが優しく見守っていた。

第二章　月のない朔の夜に

煌《きら》びやかな後宮の片隅、箒《ほうき》を片手に白雪は無数に落ちている枯れ葉を掃いていく。

掃除は大変だけれど、こうやって外で過ごせるだけで嬉しかった。

景色だけでなく空気や匂いで季節を感じられる。生まれてから十六年の間のほとんどを屋敷の中の、それも閉じ込められたような空間で過ごしてきた白雪にとって、それはなににも代えがたいほど幸せだった。

「そんなゆっくりやってたら終わらねえぞ」

丁寧に掃く白雪を、同じく宦官である徐志平《じょしへい》がおかしそうに笑う。

短く切りそろえられた髪に、垂れ目がちな優しく細長い目、頬にはいくつものそばかすがある。人懐っこい笑みを浮かべる志平は、いたずらっ子のようにニッと白い歯を見せると、箒を大きく後ろに引いた。そのまま豪快に箒を動かすと、辺りにあった枯れ葉は風とともに舞い散っていった。

水蘭の呪術により、後宮に宦官として入ってから一週間が経った。

最初こそ、呪術がかかっているとはいえ女だと見抜かれてしまうのではと危惧していたけれど、誰かに不審がられることなく宦官としての生活を送っていた。

下級宦官として入った白雪は、同位の宦官たちと官舎の一室で寝起きしている。衾褥を敷くぐらいの余裕しか与えられなかったけれど、生家にいた頃を思えば、今のほうがきちんと自分を生きていると感じられた。

白雪よりも三ヶ月早く後宮に入ったという志平は、同じ官舎で要領の悪い白雪を弟のように思っているのか、なにかと世話を焼いてくれる。白雪の年が志平のひとつ下というのも、余計に先輩風を吹かせたいところであるのだろう。

「ほんっと、お前を見てるとうちの妹を思い出すよ」

志平の言葉に、白雪は無意識のうちに頬を引きつらせていた。

「な、なんですか、妹って。せめて弟にしてくださいよ」

「悪い悪い。でも、細かいことにうるさくて『お兄ちゃんったらしっかりしてよ！』なんて言いながらも『怖くてひとりじゃ寝れない……』って俺の腕の中で眠るような可愛いやつなんだ。許せ」

志平は里に三人の弟とふたりの妹がいるらしい。弟妹の生活のため自分が宦官になったのだと聞かされたのは、白雪が宦官として勤め始めるようになってすぐだった。

「兄、ですか」

「お前も兄がいるのか？」

その言葉に、白雪は自分に無関心な兄の存在を思い出す。あの人たちを家族だとは思いたくない。

「……いえ。私には姉がひとりいるだけです」

「そうか。じゃあ、俺を兄貴だと思ってもいいぞ」

ない。

「なんですか、それ」

気のいい志平に、笑ってしまう。でも、確かにこんな兄がいれば楽しかったのかもしれない。瑞雪と白雪と三人で笑い合って庭を走り回るような日々を送れたかもしれない。

「……っ」

瑞雪との思い出が脳裏をよぎり、胸が痛む。

必ず、瑞雪を殺した犯人を見つけ出してみせる。それがたとえ、どんな立場の存在であれ。

黙り込んでしまった白雪を気遣うように、志平は少し先にある中庭のほうを指差した。

「ここが終わったら、中庭の掃き掃除もしておけってさ。ったく、人使いが荒いぜ」

「確かに」

おどけるような志平の口調に、白雪はつられて笑みを浮かべた。

後宮内は広い。白雪の屋敷もそれなりの広さはあったけれど、後宮に比べるとはるかに狭く感じる。

「でもまあ、寝るところがあって飯が食える。それだけでありがたいけどな」

「そう、ですね」

志平の話を聞くと、白雪はいかに自分が恵まれた環境で育ってきたかを思い知らされる。男として育てられてきたときも衣食住は与えられてきた。瑞雪がいなくなってからも最低限の食事と寝床は確保されていた。それがどれほどありがたいことかもわからないままに。

志平だけではない。水蘭に連れられて屋敷を出たあと見た景色も、白雪にとって衝撃的だった。

人目につかないようにと山奥の方で数日を過ごしていた白雪たちだったけれど、街から少し離れれば、今にも崩れ落ちそうな小屋や草を編んだ敷物のようなものの上に座り込み野ざらしでいる人の姿もあった。

そんな光景を見たのは初めてだった白雪は、思わず声を失ってしまった。

「不幸比べをしたってしょうがないしな。過去は変えられないけど今は自分自身の手で変えることができるから」

なんでもないように言う志平の瞳は、過去ではなく未来――いや、今を見つめているように感じられた。

しばらく掃き掃除を続けていた白雪と志平だったけれど、やがてひとりの宦官がふたりに声をかけた。

「北の書庫で人手が欲しいそうだ。どちらか行ってくれ」

「あー……太監様。こいつ、新入りで書庫の場所わからないだろうし、俺が行きます」

「そうか、では頼んだ」

拱手の礼を取り、志平は北の書庫とやらに駆けていった。

書庫があるのか、なんて考えていると、『太監』と呼ばれた男性がこちらを見ているのに気づいた。

確か後宮に入った日に水蘭が話をしていた人物だったはず。あのときは、すぐに別の宦官によって後宮内に連れてこられたから、まともに話をすることもなかった。

太監はひょろりと背が高く、白雪の父や兄よりも大きいかもしれない。眉をひそめ、細く鋭い目で白雪を一瞥《いちべつ》すると、辺りを見回した。

「ここはもういい」

「え、あ、はい」

「この道をまっすぐ行ったところに、殿舎がある。東の方角だ、わかるか？　その殿舎に新しい方が近日中に入られるので、掃除をしてもらいたい」

「わかりました」

掃除なら志平とふたりでしてもよかったのでは。そんな白雪の疑問は表情に出てしまっていたらしく、太監は細い目をさらに細めた。

「徐志平は大雑把な上に、乱雑すぎる。あいつに殿舎の掃除など任せてみろ。調度品を壊すのが目に見えている」

太監の言葉に、白雪は乾いた笑いを漏らすことしかできない。ここ一週間の付き合いではあるけれど、先ほどの掃き掃除ひとつ取ってみても、志平の乱雑さはかばえるものではなかった。むしろ先ほどこの辺りを見回していた理由がわかったぐらいだ。

「それでは頼んだぞ」

「わかりました」

見様見真似で覚えた拱手の礼を取ると、白雪は言われた殿舎へと向かおうとした。けれど、なぜか太監は白雪の隣を歩き出す。

「あの……？」

同じ方向に用でもあるのだろうか。首を傾げた白雪に太監は前を向いたまま答える。

「お前ひとりでは場所がわからんだろう」

「どなたも住まれていないところでしたら見た目でわかるかと」

どれだけ世間知らずだと思われているのかと、少しだけムッとしてしまう。

しかし太監は「そうではない」と否定すると話を続けた。

「先日まで住まわれていた方がいらしてな。今も、外から見ただけでは主不在の殿舎には見えないだろう」

「ま――」

さか、と続けそうになったのを白雪は必死に呑《の》み込んだ。そして何食わぬ顔で、けれど震えそうになる声を必死に押さえ込んで太監に尋ねた。

「先日まで住まわれていらした方は、今はどちらに？」

「なぜそんなことを聞く」

「い、いえ。位階が上がると殿舎を移ると徐志平から聞いておりましたので、そちらの殿舎の方もそうなのかな、と。申し訳ありません。興味本位です」

不審がられるとまずい。志平には悪いが言い訳に使わせてもらうと、太監は少し考えるような表情を浮かべ、ため息をついた。

「殿舎を移るのは、基本的には位階の変動。それからなんらかの事情で後宮を出られた方、あとは……お亡くなりになったとき、だな」

「そう、ですか」

太監の苦々しそうな言い方に、この殿舎で暮らしていた方がどういう理由で出ていったのかわかった気がした。

亡くなったので部屋が空くこととなり、新しい誰かが入ってくるのだ。そこにいた人の存在なんて、元からなかったかのように。

もしかしたら亡くなった方とは瑞雪のことなのではと白雪の心をざわつかせる。

「着いたぞ」

そこはたくさんの文様が描かれた柱に、小さいながらも庭のついた殿舎だった。

門の外から眺めた庭には今は牡丹《ぼたん》や薔薇《ばら》が咲き誇っているが、瑞雪が亡くなった頃は桜や桃といった春の花々が咲き乱れていたのかもしれないと、想像しただけで胸の奥が苦しくなる。

「白雪？　どうかしたか？」

「い、いえ。それでは掃除をしておきます」

頭を下げる白雪に、太監は眉をひそめながらもその場をあとにした。

ひとりになった白雪は、瑞雪が使っていたかもしれない殿舎へと足を踏み入れた。

「瑞雪……」

名を呼ぶと、まるで呼応するように風が吹き、庭の花の香りが白雪の鼻腔をくすぐる。それはいつか瑞雪に抱きしめられたときの香の匂いによく似ている気がした。

艶やかな大輪の花を咲かせた牡丹にそっと触れる。『百花の王』とも呼ばれるそれは、濃淡さまざまな紅色の花を咲かせていた。

実家の庭にも牡丹の花が咲いていて、瑞雪が気に入っていたのを思い出す。後宮に咲くこの花を、瑞雪も見ただろうか。

「……掃除、しようかな」

できることならいつまでも瑞雪との思い出に浸っていたい。でも、今の白雪にはしなければいけない仕事がある。

片っ端から埃を落としていく。すべて終わると、今度は雑巾で隅々まで拭き上げる。

ようやく一通りの掃除が終わった頃には、一刻ほど経っていた。

もうやり残したところはないだろうかと確認するために辺りを見回した白雪の目に留まったのは、調度品として置かれていた簞笥《たんす》だった。

このままここに置いておいても問題ないのだろうか。新しい妃の方が入宮されれば、不要になるのではないだろうか。そのときにこれをどけて埃でも落ちていれば、掃除が行き届いていないと叱責されないとも限らない。

「どうするか……」

少し考え、白雪は簞笥を移動させた。簞笥のあった場所を掃除し、そのあと元の場所に戻しておけば、万が一簞笥が不要になったとしても床は綺麗なはずだ。このまま使おうが撤去しようが白雪の落ち度とならなければそれでいい。

簞笥は中身が入っていないからか、白雪ひとりでもなんとか動かすことができた。

「あと……少し……って、え……」

動いた簞笥の隙間から、なにかが音を立てて倒れた。

「……っ」

息が止まるかと思った。

「どう、して……」

倒れたそれを、そっと手に取る。白雪の手よりも少し大きな手鏡だった。円形の銅鏡が多い中、目の前にある銅鏡は左端が歪《いびつ》な形となっていた。それは昔、瑞雪が白雪にくれたものの片割れに間違いない。

白雪の物は右側が歪な形となっており、白雪と瑞雪、ふたつの銅鏡を合わせるとひとつの文様が浮かび上がる。白雪と瑞雪を模した二匹の鳥の文様が。

「やっぱり、ここは……」

あふれ出した感情は涙となって白雪の頬を伝い、床を濡らしていく。

「ずい……せ……」

瑞雪にとって白雪がそうだったように、白雪にとっても瑞雪は大切で愛《いと》おしくてかけがえのない半身だった。そんな瑞雪がなぜ死ななければいけなかったのか。誰が瑞雪を手にかけたのか。

「……っ。必ず、私が暴いてみせるから！」

涙を袖で拭うと、白雪は前を見据えた。もう泣くのはこれで最後だと、自分自身と、そして瑞雪の銅鏡に固く誓いを立てる。けれど。

「おい、そこでなにをしている」

宦官の少し高い声とも女性の声とも違う低音に、白雪は身体が震え上がるのを感じた。振り向いていないから、そこにいるのが誰かなんてわからないはずだ。なのに、どうしてだろう。この声の主を、知っている気がする。
「おい」
「は、はい」
慌てて振り返ると、叩頭《こうとう》し礼を取る。
その顔を決して許しなく見てはいけない。それだけで不敬となり、言葉の意味通り
首が飛ぶ可能性すらある。
震える身体をなんとか落ち着かせるように浅い呼吸を繰り返しながら、わずかな視
界の隙間から目の前にいる男を見る。
ただひとりにしか許されていない黄色い布地で作られた冕服《べんぷく》、足下には舄頭履《しゃくとうり》を
履いている。そんな人間は、この国にたったひとりしかいない。いや、そもそもこの
後宮に宦官以外で入れる男など、今上帝の他には存在しなかった。
「顔を上げろ」
「……は、はい」
恐る恐る顔を上げると、その人は黄袍を身に纏ってはいたが幞頭は被っておらず、
艶やかな銀髪を背に流していた。
この世のものとは思えないほどの美しい顔をしたその人は、やはり鬼の血を引く、

鬼華国皇帝・胡星辰だった。

この国で唯一の存在は、獰猛《どうもう》な動物のような金色の瞳を細め白雪を見下ろす。その瞳があまりにも冷たく見えて、白雪は思わず後ずさりそうになるのを必死にこらえた。

「お前……」

「え？」

「いや、名はなんという。ここでなにをしている」

一瞬、白雪の顔を見た星辰が形のいい眉を上げた気がした。けれどすぐに詰問され、そんな些細《ささい》な仕草は白雪の頭から消え去った。

「は、はい。私は蒼白雪と申します。太監様に命じられ、この殿舎の掃除をしておりました」

事前に水蘭と決めておいた偽名を名乗る。珍しい姓ではないけれど、紅白雪では瑞雪との繋がりを疑われかねないから。

星辰は「蒼白雪」と確かめるように名を呼ぶと、眉間に皺を寄せながら白雪に尋ねた。

「では、蒼白雪。なぜお前がここの掃除をしている」

「なぜと言われましても。太監様からの命で、としか」

「太監が？」

少し考えるような素振りを見せたあと「そうか」とだけ答えると、それ以上なにも言わずその場をあとにした。

いったい、なんだったのか。

星辰の姿が見えなくなったのを確認してから、白雪はその場に座り込んだ。ほうっと息を吐き出すと、緊張していた身体から力が抜ける。

（あれが、皇帝陛下）

この鬼華国を統べる唯一無二の存在。そして、白雪が生き残るために、殺さなければならない相手だった。

◇◇◇

──その話を聞かされたのは、後宮に上がる前夜。隙間風の入るぼろ小屋でのことだった。

呪術のおかげで男の姿に見えるようになり、後宮に入るための手はずも整えてもらったので、あとは翌日を迎えるだけだった。

「そういえば」

椀《わん》に湯菜《タンツァイ》を注ぎながら出し抜けに、けれどまるで明日の天気の話でもするかのような気軽さで水蘭は言った。

「白雪様、あなたの玉にかけた呪術の対価ですが」

「対価?」

「ええ。まさかなんの対価もなく、望む姿を与えられたなんて思っていませんよね」

「それは……」

さすがの白雪もそこまで世間知らずではない。人になにかを頼めば、それ相応の対価が必要だ。

けれど、呪術に対する対価がどんなものなのか考えつかなかった上に、ここまでなにも言われなかった。ゆえに、もしかしたら必要なのは玉の代金のみで、白雪が差し出すものなどないのではないか。そういう思いがなかったかと問われれば嘘になる。

水蘭は白雪に椀を手渡すと、目を細めて笑みを浮かべた。

「なに、そう難しい話ではありません。ただ、皇帝陛下を殺めていただきたいのです」

「はぁ……って、ええ!? な、なにを……」

『皇帝を殺す』なんて口に出したところを聞かれるだけで不敬として首を切られても不思議ではない。普通の人間にならば聞こえなくても、相手は鬼の血を引く鬼華国の皇帝陛下だ。万が一ということだってあり得る。

慌てすぎて椀から湯菜をこぼしてしまいそうになるのをなんとかこらえると、床に椀を置き、水蘭に向き直った。

「あ、あなたは、ご自分がなにを口にしたのかわかっていらっしゃるのですか？」

「当たり前でしょう。戯《ざ》れ言でこのようなことは言えません」

「ですが……そのような大逆、私には……」

水蘭の話が白雪には理解できなかった。いや、理解するのを拒んだと言ったほうが正しいかもしれない。

そんな白雪に、水蘭はまるで赤子を諭すように優しく話す。けれど、その目はわずかにも笑っていなかった。

「できる、できない、ではない。やるのです。さもなくば、あなた自身の命が対価となります」

「どういう……」

水蘭が椀に口をつけている間も、白雪は目を逸《そ》らせなかった。そんな白雪の様子を知ってか知らずか、水蘭はにこやかに微笑んだ。

「この呪術には期限があるのです。四度、満月が空に輝くまでにあなたは皇帝陛下を殺めなければならない」

「殺められなければ……？」

自分自身の唾液を飲み込む音が、やけに大きく聞こえた。

白雪の問いかけに、水蘭は静かに、けれど笑みは絶やさずに答えた。

「先ほどもお伝えした通り、あなた自身の命が対価となるだけです」

「私自身の命が……」

その意味を聞かなければわからないほど子どもではない。対価は命で払えと水蘭は言っている。つまり皇帝陛下か白雪、どちらかは必ず死ななければならないのだ。

「そう緊張しないでください。簡単な話です。あなたは私に呪術を依頼した。私は受けた。その呪術の対価として、皇帝の命を奪ってもらう。ね、なにも難しくないでしょう？」

簡単な話、といえば確かにそうなのかもしれない。けれど、対価が皇帝を殺すだなんてあり得ない。そんなことをしようものなら、白雪は、そしてこの国はどうなってしまうのか。

白雪が言葉を発せられずにいると、水蘭はわざとらしく驚いてみせた。

「まさか対価に怖《お》じ気づいたのですか？　あなたのお姉様を想《おも》う思いはその程度だったと」

「違う！」

不安な気持ちを見透かされたようで、白雪はつい語気を強めてしまう。睨みつける白雪に、水蘭は冷たい視線を向けた。

「なら、対価がなんであろうと、あんな怖じ気づいたような表情をしないでください。私はあなたの願いを叶えた。代わりに対価として、あなたが私の願いを叶える。単純明快でしょう」

「皇帝陛下を殺す。それが、あなたの願いなのですか？」

白雪の問いかけには答えず、水蘭は柔らかな笑みを浮かべたまま湯菜をすする。白雪も椀に口をつけるけれど、予想外の大きな対価に、美味しかったはずの湯菜がどこか苦々しく感じられた。

「あなたがお姉様の仇を殺したいように、私にも晴らしたい恨みがあるのです」

「その相手が、皇帝陛下だと……？」

白雪の問いかけに、水蘭は目を伏せると静かに口を開いた。

「私の故郷は、あやつのせいで火の海に包まれました」

「そんな、まさか」

水蘭の言葉が白雪には信じられなかった。

双子として生まれたせいで性を奪われた白雪だったけれど、それは家族の問題だ。国としての鬼華国の治政はよく、庶民たちも衣食住には困らない。内乱もなく、平和な日々を過ごしていると思っていた。けれど、目の前にいる水蘭の苦しそうな表情は、とても嘘をついているようには見えなかった。

「白雪様は、中から見た鬼華国しかご存じないからそう言えるのです。いえ、知っていたとしてもこの国で生まれ育った白雪様たちにとってみれば、彼は統率力も周辺諸国を抑える力もある、頼りになる男なのかもしれないですね」

「あなたから見た皇帝陛下の姿は、違うのですか？」

「私にとってあの男は、平和を壊し、家族を友を殺し、住む場所を火の海へと変えた悪魔のような存在です」

「悪魔……」

　こんなふうに誰かを恨み憎む人間の表情を見たのは初めてだった。水蘭にかける言葉を白雪は持っていない。水蘭の苦しみがどれほどのものなのか、想像にあまりある。

「だからこれは復讐《ふくしゅう》なのです。私と、あなたの」

「私の、ですか？」

　水蘭だけではなく白雪にとっても復讐だと告げられ、思わず問いかけた。だって、それではまるで……。

「あなたのお姉様を手にかけたのも、きっとあの男に違いありません」

「それ、は……」

「違うと断言できますか？」

　肯定も否定も白雪はできない。けれど、確かに瑞雪も皇帝陛下は残虐な面を持つ恐ろしい人だと話していた。もしかしたらなにかを知っていたのだろうか。だから白雪ではなく、自分が後宮に行くと決めたのだろうか。白雪の命を、自分の身をもって守るために。

そんなの信じられない。ううん、信じたくない。

黙り込んだ白雪に、水蘭は静かに口を開く。

「今は信じられなくとも、あの男の残虐さを知れば、あなたもきっと納得するはずです」

それ以上、水蘭はなにも言わず、白雪もこの話に触れることはできなかった――。

◇◇◇

自分が殺さなければいけない相手と思わぬ形で対峙《たいじ》した白雪は、あれから数日が経った今も重い気持ちを引きずっていた。

この帝国で一番の権力者である皇帝陛下を、白雪のような立場の者が殺せるわけがない。けれど、呪術の対価として殺さなければいけない。なにより瑞雪の命を奪った相手かもしれないのだ。

「でも……私にできるのかな……」

「なんの心配をしてるんだ？　なにか難しければいつでも俺に相談しろよ」

突然、目の前に現れたのは、しゃがみ込んでいた白雪の顔を上から見下ろす志平の姿だった。

「わっ、志平。いつの間に。もうお腹《なか》は大丈夫なのですか？」

「ああ。ひとりでやらせてしまって悪かったな」

今日の白雪と志平に与えられた仕事は、後宮の奥まったところにある小さな庭園の草むしりだった。けれど昼に食べたなにかが悪かったのか『腹が痛い』と言って厠《かわや》へ向かったまま、志平は半刻ほど戻ってこなかった。

「そんなに多くなかったから大丈夫です」

むしろひとりで考え事をするのに、無心で手を動かせてちょうどよかった。

「そっか。あ、そうだ。さっきそこで太監様にお会いしたんだけど、お前を探してたぞ。見かけたら書房に来てほしいと伝えてくれって」

「私を、ですか？」

太監がいったいなんの用だろうと疑問に思いつつも、呼ばれているのなら行かないわけにはいかない。抜いた草の片付けを志平に頼むと、白雪は太監のいる塔へと向かった。

上級宦官ともなれば外に屋敷を構える場合もあるそうだが、この塔には諸事情により外に出られない上級宦官たちの個室と、太監の書房があった。

塔内の長い階段を上がり、一番上の階にある扉の前に立つ。ひと呼吸おき、白雪は扉を叩いた。

「失礼します。あの、お呼びだと伺ったのですが」

扉を開けると、簡素ながらも高価そうな調度品の並ぶ室内が目に入る。辺りを少し見回すと、奥の書卓に向かう太監の姿があった。

「ああ、蒼白雪か」

太監は椅子から立ち上がり、白雪の真正面に来た。そして上から下まで値踏みするように目を細め、ため息をつきながら首を振った。

「どうしてこの者を」

「あの……？」

つぶやいた言葉の意味が理解できず思わず首を傾げる白雪の問いかけには答えず、太監は苦々しい表情を浮かべたまま口を開いた。

「蒼白雪、お前は部屋を移ることになった。ひとり部屋だ。嬉しいだろう」

「どういう……」

「主上《しゅじょう》の命だ。……気の毒にな」

太監がつぶやいた言葉は、白雪の耳には届かない。太監はなにかがわかっているかのように眉をひそめ肩をすくめるけれど、白雪は告げられた内容を呑み込めずにいた。

主上、つまり皇帝陛下の命で、白雪が部屋を――それもどうやら個室に移ることになったという話らしい。

「まあいい。荷物をまとめて移動するように。本日中だ」

「……わかり、ました」

新入りの白雪に、太監の指示に異を唱えられるわけがない。それが皇帝陛下からの命令だとしたらなおさらだ。

太監の部屋をあとにし、白雪は自分の荷物を取りに向かった。

志平はまだ官舎へと戻っていなかったようで、十日間あまりとはいえ世話になった礼を伝えたかったのだけれど、伝えられないまま部屋を出ることになってしまった。

今度会えたら礼と、それから黙って部屋を変わらなければならなくなった理由を話して謝ろう。大丈夫、どうせまたすぐ会える。そう思っていた――。

荷物を持って部屋の外に出た白雪を、太監から指示を受けたらしい宦官が個室へと案内してくれた。黙ったままなにも話さないところを見ると、白雪が部屋を移るのをよくは思っていないようだった。

けれど、それも仕方がないだろう。入ったばかりの下っ端がひとり部屋を持つなんて、普通ならばあり得ないということぐらい白雪にだってわかる。

連れられるようにして向かった場所は、先ほどの太監の部屋があった塔の二階にあった。南側に位置するその部屋は、日当たりのよさそうなところだった。

案内してくれた宦官は黙ったまま立ち去っていく。白雪は持っている荷物よりも重いため息をつくと、目の前の扉に手をかけた。そのとき。

「お疲れ。どうだった？」

立ち去っていった宦官に誰かが話しかけた声が白雪の耳に届いた。

「どうもこうもないですよ。なんであんなやつが……」

「まっ、女嫌いの主上がついに宦官に手を出すってね。しょうがねぇよ」

（え……？）

聞こえてきた会話の意味が理解できなくて、開こうとした手が動かなくなった。

（まさか、今の話って私のこと……？）

それ以外に考えられないのだけれど、そうではない可能性をわずかでも探してしまう。とはいえ、追いかけて『今のって私の話ですか？』と問いただす勇気もない。

結局、答えの出ない疑問に頭を悩ませながら、先ほど止めた手に力を込めて扉を開けた。

「は？」

一瞬、自分の見たものが信じられなくて、白雪は開いたはずの扉を閉める。先ほどまでの悩みなんて吹き飛ぶような、いや悩みと相まって余計に頭痛の種になりそうななにかがあった気がした。

(今、誰かいた、ような)

いや、誰かいても不思議ではない。今日から白雪の部屋になるとはいえ、この塔には他の宦官の部屋もあるのだから。でも……。

「そんなわけない」

自分自身に言い聞かせるようにつぶやき、先ほど見た光景が見間違いであることを願いながら深呼吸をする。

そうだ、いるわけない。こんなところにいていいわけがない。だってあの人は——。

「なにをしている」

「ひゃっ」

「さっさと入れ」

目の前で突然、扉が開いたかと思うと白雪を部屋の中に招き入れる——というより、引っ張り込むようにして長い指が白雪の腕を掴んだ。

「な、なにを」

するのですか、と反射的に問いかけるよりも早く、目の前の黄袍を纏った男性——胡星辰は音を立てて扉を閉めた。バタンという音がやけに大きく聞こえて、途端に白雪の心臓が痛いぐらい鳴り響く。

どうすればいいかわからず、身動きひとつ取れない白雪の身体を星辰は自分の方に引き寄せた。

「細いな」

星辰の長い指が、なにかを確かめるように白雪の腰の辺りをなぞる。その感触に、思わずビクリと身体が震えた。

「や、め……」

嬌声《きょうせい》をあげそうになったが、今の自分は男として見えているはずだと思い出す。女みたいな声をあげるわけにはいかない。

「……っ。そ、そういうことは妃様方にされてはいかがですか！」

慌てて身体を押し返した白雪に、星辰はおかしそうに口角を上げる。

「お前にしてはいけないと？」

「い、いけないというか。私は男ですから、このような……」

「この後宮にいる者はすべて俺のものだ。それが女だろうと、男だろうと、な」

「そんな……」

星辰の獲物を射止めるような視線に、白雪の身体は縮み上がるのを感じた。けれど。

「ふ、はは。冗談だ」

「ああ。まあ、この後宮にあるものすべてが俺のものだというのは本当だ。だが、宦官に手を出すほど女には困っていない」

「そう、で、すよね」

けれど星辰の言葉に安心できないのは、腰に当てられたままの手のせいだろう。星辰のそばへと引き寄せるように回された手のせいで、密着したまま身体を離せないでいた。

「あ、あの」

「なんだ？」

「荷物を置きたいので、手を……」

「ああ、しょうがないな」

ようやく離してもらえると安堵していると、星辰は白雪の手から荷物を取り、当たり前のように部屋の中へと持っていく。さすがに皇帝陛下に荷物運びをさせるわけにもいかず慌てて取り返そうとするけれど、白雪よりもずいぶんと背の高いその手に取り上げられてしまえば届くわけがなかった。

「へっ陛下!?」

「星辰と呼べ」

「じょう、だん……？」

今の状況にさえ戸惑っている白雪に、星辰はさらに無茶な要望を命じてくる。

「え、えええ!?　名前でなんて不敬で……」

「俺が許すと言ってるんだ。不敬にもなにもないだろう。むしろ『皇帝の命』に逆らう気か？」

「それは……」

そう言われてしまうと返答に窮する。逡巡《しゅんじゅん》ののち、白雪はポツリとつぶやいた。

「星辰、様」

「……まあ、それで許してやろう。『陛下』とか『主上』と呼んで褒めそやすだけのやつらの言葉より、よほどいいからな」

「どういう意味でしょうか？」

首を傾げ尋ねたけれど、星辰は黙ったままだった。

星辰の腕から逃れた白雪は断りを入れてから、荷物の片付けを始めた。

とはいえ、白雪のものなどほとんどないに等しかった。だが、実家の瑞雪の部屋と変わらないぐらいの広さがある居室は備え付けられた調度品や家財道具がいくつもあり、物珍しさからつい目が行ってしまう。

それに、星辰とふたりきりの気まずさをごまかすのにちょうどよく、ひとつひとつ見て回った。

それでも限度というものがある。そろそろ限界だろうかと片付けを終えるふりをしながら、窓際の長椅子に腰を下ろす星辰へと視線を向けた。

目の前にいるこの人が、いったいなにをしたいのかまったくわからない。

「なんだ、終わったのか？」

長椅子の手すりに足を乗せ、退屈そうな表情でこちらを見ていた星辰だったが、白雪の視線に気づいたのか口を開いた。

「あ、えっと、もう少しです」

「ふん、俺を待たせてるんだ。終わったらさっさと来い」

どうやら待ってくれていたらしい。持っていた布巾を棚の上に置くと、慌てて星辰の元へと向かった。

「お待たせ、しました」

「座れ」

「え、あ、はい」

座るように命じられ、戸惑いながらも星辰の正面に膝をつく。そんな白雪に苛立《いらだ》った様子で星辰は口を開いた。

「馬鹿なのか、お前は」

「どうし……ひゃっ」

脇に手を入れ白雪の身体を軽々持ち上げると、そのまま自分の膝の上に乗せた。

「なっ、なっ……！」

「床になど座るからだ」

「申し訳ございません！　あの、隣に座らせていただきますので、どうか手を――」

「駄目だ」

まるで横抱きにするかのような体勢で白雪を自分の膝に乗せたまま、星辰は目を細め白雪を見下ろす。

こんなに密着しては、うるさく高鳴る心臓の音が星辰に聞こえてしまう。いや、そもそも星辰に聞かれるとか聞かれないとかそういう問題ではなくて。

「こんなところを誰かに見られれば、誤解されてしまいます」

「大丈夫だ、俺が来ている間はこの部屋には誰も近寄らないよう申しつけてある」

「なら安心……じゃないですよね!?」

「他になにが不満だ」

座る場所、と正直に告げれば不敬にあたるだろうか。しかし皇帝陛下の膝の上が不服なのか、と返されたら白雪は反論できない。けれど、このまま膝の上に座っているわけにもいかない。

どうにかできないかと必死に考えた結果。

「せ、星辰様は女の方がお嫌いだと伺いました、が……んっ」

最後まで言い切る前に、星辰は几《つくえ》に置いてあった箱からなにかを取り出し白雪の口に入れた。

「んぐ……これ、は……？」

「葡萄だ。美味《うま》いだろう。お前に食べさせたくて持ってきた」

「ありがとう、ございます……って、そうではなくて」

生の葡萄なんて食べたのは初めてで、その甘さに蕩《とろ》けそうになる。けれど、今はそういう話をしているのではない。

「ん？」

「わ、私に……そのような趣味は、なくてですね……」

ポツリとつぶやいた言葉に、星辰は当たり前だというように鼻を鳴らした。

「俺もない。女が嫌いなのと男が好きなのは同一ではないだろう」

「そ、そうですか」

なら、今の状況はなんだというのか。男を相手にする趣味がなく、なのに自分を膝の上に乗せている。さらにはその長い指で、房から外した葡萄をひとつ、またひとつと白雪の口に運んでくれる。

「だいたい、こんなこと男にしたところでなにも楽しくなかろう」

「それ、は」

「お前にだからしたいんだ」

そう言って、白雪の手に葡萄をひと粒載せた。

「あの……？」

そのまま白雪の手を取ると、星辰は自分の口へと持っていき、白雪の指先ごと葡萄を頬張った。

「なっ」

「甘いな」

指先についた果汁を舌先で舐《な》め取られ、なんとも言えない感覚が白雪を襲う。

「星辰様……っ！」

「どうした？　もっと食べさせてくれるのか？」

「ち、違います！」

慌てて顔を逸らす白雪を、星辰はおかしそうに笑った。

いったい星辰はどういうつもりなのだろう。こんなことを男にはしないというのであれば、つまり白雪が女だと気づかれている？　いや、そんなわけがない。今の白雪は誰が見ても男の身体だ。宦官なので男の身体と表現していいのかはわからないけれど、少なくとも女には見えないようになっている。なら、なぜ。

「だいたい女は嫌いだが、女に興味がないわけではない」

「どういう……？」

「誰でもいいわけではないということだ。心に決めたひとり以外は、な」

「ひゃっ」

そう言ったかと思うと、星辰は白雪の幞頭を外し結っていた紐《ひも》をほどく。さらりと落ちた長い髪を手で掬《すく》った。

「緊張しているのか？」

「あ、当たり前じゃないですか」

恥ずかしさのあまり頬が熱くなる。そんな白雪を見て、星辰は楽しそうに口角を上げた。

「可愛いな」

「かっ」

「ふっ、そうやって目を丸くしているのも愛らしい」

これは鬼の力なのだろうか。金色の美しい目で見つめられると、目を逸らすことも身動きひとつ取ることもできない。

目の前のこの人に聞こえてしまうのではと心配になるほど、大きな音を立てて心臓が鳴り響く。一秒でも早く離れたいのに、それを星辰は許してくれない。

白雪が男性に対して免疫がなさすぎるだけで、世間一般ではこれぐらいの距離は当たり前なのだろうか。

もうこれが男に対する態度とか女に対する態度とか、そんなのどうでもよかった。ただこれ以上は白雪の心臓がもたない。

「あの！」

絡められていた腕からなんとか逃げ、慌てて立ち上がると、ほどかれた髪を押さえた。

「これ、直してきます！」

「ん？」

「不格好な姿をお見せして申し訳ありませんでした！」

星辰に頭を下げ、白雪は部屋の隅に置かれた屏風《びょうぶ》の裏に隠れる。必死に髪を結い直している最中に、喉を鳴らして笑うような声が聞こえた。

恐る恐る屏風の端から顔を出すと、口に長い指を当てて笑う星辰の姿があった。白雪はようやく自分がからかわれていると気づく。

「……なに、笑っているのですか？」

不服そうな表情を隠さずに白雪は尋ねる。本来であれば不敬で首が飛んでも不思議ではない。けれど、そんな白雪に対して星辰は目を細めて笑みを浮かべた。

「いや？　相変わらず可愛いなと思って」

「かっ……可愛くなんてないです！」

　この格好でいるのに可愛いと言われるなんて。先ほどの態度から、からかわれているとわかってはいたものの、反論しないわけにはいかなかった。なにせ、今の白雪は男なのだから。

「わ、私は宦官とはなりましたが男です。可愛いという言葉は心外です」

「そういうものか」

「そういうものです」

　ふむ、と納得したように頷くと星辰は立ち上がった。

　近づいてくる星辰に、白雪は身構える。けれど彼は白雪の元へではなく、入り口の扉へと向かった。

「星辰様……？」

「どうした？　かまってほしいのか？」

「そ、そういうわけでは……！」

　今にもこちらへ踵《きびす》を返しそうな星辰に、白雪は慌てて首を振る。白雪の反応がおかしかったのか、星辰はくつくつと笑った。

「冗談だ。そろそろ戻らんとうるさいのがいるからな」

「うるさいの……？」

疑問に思い首を傾げる白雪に、星辰は扉を開けてみせた。

そこにはいつからいたのか、太監と星辰の侍従らしき男性の姿があった。

「ではな、白雪」

「は、はい」

「また来る」

そう言い残すと、星辰は扉の向こうに姿を消した。

ようやくひとりになった白雪は、今度こそ深いため息をつく。

皇帝の気まぐれにしても、度が過ぎているのではないか。あんなふうにされてはこちらの身も心ももたない。

「まあ、こんな気まぐれ、そうそう起きないだろうけど」

『また来る』と言っていたけれど、きっとその場限りの言葉だろうと考えていた。

なのに、まさかその日から連日のように星辰が訪れるなんて、このときの白雪は想像もしてなかった。

塔に部屋を移動してから七日が経った。この間、星辰は毎日白雪の元へと顔を出した。

『昼はなにを食べた』『好きな食べ物はなんだ』『欲しいものはないか』

日々繰り返される意図のわからない問いかけに、白雪は初めこそ戸惑いながらも答えていた。

『肉と饅頭《まんじゅう》をいただきました』『甘いものが好きです』『特になにもありません』

白雪の素っ気ない返答に不服そうな表情を浮かべていたけれど、翌日には星辰からだという甘いものがどっさりと届いた。実家で瑞雪と食べたことがあるものから、初めて目にするものまでさまざまだった。

しかも一度や二度ならず、なにか質問に答えるたびにその品物が送られてくる。中には手に入れるのが難しい果物もあり、白雪のために探させてくれたのかと思うと申し訳ないような、それでいて胸の奥にくすぐったさも感じていた。

そして、届けられた甘い食べ物を頬張るたびに、星辰の愛情に包まれているような錯覚さえ起こしそうになってしまっていた。

朝餉《あさげ》を食べ終えると、白雪は塔の周りの掃き掃除をする。しかし、実は太監からは『なにもしてくれるな』と命じられていた。

『皇帝陛下のお気に入りであるお前の仕事は他にあるだろう』

そう言われたときは、恥ずかしさと悔しさで涙がにじみそうだった。

だから余計に、本当になにもしないでいるわけにもいかなかったので、無理やりこの場所の掃除をさせてもらっている。

「よし、あと少し」

早くしないと、時間がない。なぜなら……。

「早く終われ」

「星辰様！」

聞き慣れた声に振り返ると、近くの木にもたれかかるように佇《たたず》む星辰の姿が見えた。そばにはしかめっ面をした太監が控えている。

慌ててそちらに駆け寄ると、白雪は拱手の礼を取った。

「立て」

「はい」

星辰の許しを得て立ち上がった白雪の手元を見て、星辰は目を細めた。

「だいたいどうして毎日毎日掃き掃除をしているんだ」

昨日も、そして一昨日《おととい》も言った小言を星辰は今日も繰り返す。白雪ではなくそばに控える太監に「どうしてだ」と詰問しようとしたので、白雪は慌てて声をあげた。

「私がしたくてしているのです！」

「なぜ」

「なぜって……。皆さん働いている中で、私だけなにもせずにはいられません。私は宦官です。宮中で働くことの対価に衣食住を与えてもらっているのです」

『対価』という言葉に、自分で口にしておきながら胸の奥がざわつく。

この身体を与えてもらった対価を忘れた日は一日たりともない。

目の前にいるのは、白雪が殺さなければいけない相手。でも、白雪にとっての星辰は少しだけいじわるで口にするのも恥ずかしいようなことをたくさんしてくるけれど、本当はとても温かくて思いやりがある優しい人だ。

家族から粗末に扱われてきた白雪のことを大切にしてくれる。そんな星辰を、どうして殺すべき相手として見ることができるだろう。

黙ってしまった白雪の頭を、星辰は大きな手のひらで撫《な》でた。

「お前は偉いな」

「普通、ではないでしょうか」

「そうか？　人間は怠惰な生き物だ。易きに流れ、堕落していく。そういう人間を外でもここでも何人も見てきた。だが、お前はそうはならないではないか」

まっすぐに言われてしまうと、どこか照れくささえ感じる。気恥ずかしさを隠すように、白雪は星辰に背を向け箒を持つ手を動かしながら口を開いた。

「つまり、そうなるだろうと、私から仕事を取り上げたのですか？」

「ん？」

「仕事を取り上げれば、私が堕落していくと考えていらしたのでは？」

少しぐらい困ればいい。いつも余裕しゃくしゃくなこの人の表情を崩してみたかった。それだけだった。けれど。

「いや？　お前から仕事を取り上げれば、俺と過ごす時間が増えると思っただけだ」

「なっ」

「なのにお前ときたら」

星辰は白雪の後ろから抱きすくめるようにして腕を伸ばすと、その手から箒を取り上げてしまう。

「いつまでやってるんだ。そろそろ終われ」

「で、ですが」

「これ以上続けるなら、太監に命じて仕事を取り上げるぞ」

「そ、それはやめてください！」

慌てて振り返った白雪は、至近距離で星辰と目が合った。

「……っ」

その瞳が、まっすぐに白雪を捉えて離さない。金色の瞳に吸い込まれてしまいそうにさえ感じる。

「どうした？　見惚《みほ》れているのか？」

「ち、違います！」

「なんでもいい。終わったなら部屋に行くぞ。ここはうるさすぎる」

星辰は辺りを見回すようにして睨みつける。その視線を追いかけ、白雪はようやく自分たちが周りからどんな目で見られているかに気づいた。

妃嬪たちのみならず宦官たちさえも、星辰と話をする白雪に好奇と苛立ちが交じった視線を向けていた。そしてその中に、志平の姿もあった。

「あっ、志平……！」

「…………」

白雪が声をかけたものの、志平は視線を逸らすとその場から立ち去ってしまう。

塔へと移ることになったあの日から何度か志平の元を訪れたけれど、結局今日まで会うことは叶わなかった。

「どうして……」

志平が立ち去った方向を見つめていると、不意に視界が真っ暗になった。それが星辰の手のひらで目隠しされたのだと気づいたのは、暗闇を振り払おうと視界を遮るなにかに触れたときだった。

頭上にある星辰を見上げると、金色の瞳と視線がぶつかった。

「俺の前で他の男を見つめるなんていい度胸だな」

「そ、そういうわけでは！　というか、私はあなたの妃ではございませんので、そのように咎《とが》められる謂《いわ》れは……！」

「妃ではないが、お前は私のものだろう？」

白雪の背を押すと、促すように星辰は歩き出す。周りであれこれと口さがなく話していた人たちは、星辰に睨みつけられたからか、まるで煙のようにいなくなっていた。

言葉は横暴だったが、その口調はあまりにも優しくてなにも言えなくなってしまう。

それと同時に、この優しさが自分だけに向けられるものならばいいのに、と胸の奥が痛くなる。

「……っ」

自分の思考に慌てて頭を振る。どうしてこんなことを考えてしまうのかわからない。

けれど、なぜかほんの少しだけ胸の奥がひりついた気がした。

星辰に連れられるまま、塔の階段を上がっていく。たどり着いた部屋の前で、星辰は白雪を振り返った。

「いいか、俺以外の人間に傷つけられるな」

「……はい」

小さく頷く白雪の後ろで、部屋の扉が静かに閉じられた。

長椅子に座ると、星辰は隣に並んだ白雪の頭を自分の膝の上に乗せた。

「なっ……い、いけません！」

「なぜだ」

制止する白雪に対し、星辰は不服そうな声を出した。

「なぜって……」

「俺がしたくてやっていることを、お前に咎められるとでも？」

「うっ……」

そう言われてしまうと、白雪には反論さえできない。結局、されるがままに星辰の膝の上で頭を、髪を撫でられる。

ゴツゴツとした大きな手。指が細長く女性のようだと思っていたけれど、こうやって触れられるとやはり男の人の手だ。白雪は撫でられながらも、視線だけ星辰へと向けた。

どうしてこんなにも、自分によくしてくれるのだろう。

「どうかしたか？」

黙ってしまった白雪を、星辰は優しく見下ろす。その慈しむような眼差《まなざ》しに、白雪は思わず口を開いていた。

「星辰様は、どうして私によくしてくださるのですか？」

「……昔飼っていた白猫によく似ているんだ」

「猫に？　そうだったんですか」
『飼っていた』という言葉が正しいのであれば、今はもういないのだろう。
胸の奥が締めつけられるように苦しくなる。自分がそばにいることで癒やせるのな
ら、恥ずかしさは多分にあるけれど今のような扱いをされてもいいとさえ思ってしま
う。
「星辰様、私……！」
「まあ嘘なわけだが」
「は？」
反射的に頭を上げそうになって、星辰の手のひらに阻まれる。再び星辰の膝の上に
戻された白雪は、自分を見下ろす星辰の瞳を見つめた。しばらく黙っていた星辰だっ
たけれど、やがて観念したように口を開いた。
「……昔、俺がまだ幼かった頃、五つ年上の兄上が亡くなった」
「お兄さんが……」
「ああ。皇太子だった兄上の急死により、突然俺が皇太子にと担ぎ上げられた。けれ
どまだ十二やそこらで、しかもそれまで皇位を継ぐなんて考えず、好き勝手過ごして
きた俺にとって青天の霹靂《へきれき》で、不安しかなかった」
遠い目をして語る星辰は、当時を思い出しているのかわずかに眉間の皺を深くした。

その表情すらも綺麗で、白雪は見惚れてしまう。

「だが、不安なんて言葉を吐き出そうものなら、父上から叱責され母上からは涙を流される。結局、心を殺すしかなかった」

もしも自分がその立場だったら……。想像しただけで胸が押しつぶされそうになるほど苦しくなる。

きっと怖くて不安で逃げ出したかったはずだ。けれど、皇帝になるという立場がそれを許さない。どんなに苦しかっただろうか。

（似てる、気がする）

亡くなってしまった瑞雪の代わりに生きろと強いられた。それまでいらない存在として扱われていたのに、手のひらを返したかのように、突然。

もちろん星辰の背負っているものの大きさや重圧とは比べるのもおこがましい。それでもどこか自分に重なるものがある気がして、遠い存在だったはずの星辰がほんの少しだけ近くに感じられた。

もしもそのときそばにいたら、今みたいにこうやって寄り添えたら。不安な気持ちをなくせなくても、すべてを受け止められなくても、わかち合うことはできたのに。

「そんな顔をするな。お前のつらそうな顔は見たくない」

星辰は白雪の頬にそっと触れると、柔らかく微笑んだ。その顔があまりにも優しくて、泣きそうになってしまう。

「そんな日々にどうしても耐えられなくなって、一度だけこっそり内廷を出て外朝へと抜け出したんだ。そこでひとりの女の子と出会った」

「女の子……？」

「ああ。まだ五つや六つの子どもで、父上の仕事についてきたのだが迷子になっていたらしくてな。なのに不安そうな表情を浮かべるわけでもなく辺りを楽しそうに散策していたんだ」

そのときを思い出したのか、星辰は楽しそうに笑みを浮かべた。

「あまりにも堂々と歩いているから、最初は迷子だと気づかなくてな。けれど、ひとりでいるから大丈夫かと聞いてみると、迷子だと自信満々に言うんだ」

そのときのことを思い出したのか、星辰はくっくっと喉を鳴らして笑った。

「俺が『怖くないのか?』と尋ねたら、『全然』だと。『知らないところは、怖いよりもなにと出会えるのかのほうが楽しみだ』などと言って笑うんだ。信じられるか？」

答えを求めているというよりは自問自答しているように見えて、白雪は黙って話を聞いていた。

「そんな考え、当時の俺にはまったくなかった。知らないものは、怖くて恐ろしい。先の見えない不安は身動きを取れなくしていた。だからその子の言葉を聞いて、気づいたら俺は泣いていたんだ」

「そうなんですね」

「情けないだろう。十二歳の男が年下の、それも女の子の前で泣くなんて。笑ってくれてもいい」

「笑いません。その子のおかげで、星辰様は救われたのですから」

（でも――）

白雪はその子を少しだけ羨ましく思った。幼い星辰の救いとなれた。それが、ただただ羨ましい。

そして、そんなふうに思ってしまう自分の感情に戸惑っていた。

「……あれ？」

ふと気づく。そういえば白雪も昔、外朝で迷子になった覚えがあった。

本来なら瑞雪を連れて外朝へと向かう予定だったはずが、当日の朝に瑞雪は熱を出してしまった。連れていかないという選択肢もあっただろうに、父親である徳明は予定を変えることを嫌がったのか、白雪に瑞雪の格好をさせて外朝へと連れていったのだ。

『ここで待っていろ』と言われたところで、最初こそ大人しく待っていたがやがてそれにも飽き、白雪は外朝を探検し始めた。

けれど、似たような建物がたくさんある外朝で、自分がどこにいるのかわからなくなったとき、見知らぬ男の子に声をかけられた。

（ああ、そうだ。それで不安な気持ちを気取られないように、私は迷子じゃない、探検をしているだけだって言い張ったんだ）

「あのとき、泣いている俺に女の子は銅鏡を差し出して、自分と俺の顔を映して見せた。笑顔を浮かべる女の子の隣で泣きじゃくる俺はなんとも情けなくて、そのとき自分の小ささを改めて受け入れられたんだ」

自分の記憶と、今聞いた話が交差していく。まさか、そんな偶然があるのだろうか。あの日出会った男の子が、目の前にいる人かもしれないなんて……。

「そ、の銅鏡は……今……」

思わず身体を起こすと、白雪は星辰に尋ねた。

どうしてそんなことを、と疑問に思われるかもと不安だったけれど、星辰は気に留めるわけでもなくそっと目を伏せて答えた。

「その子が俺にくれて、今も私室に置いてある。心が迷ったとき、少しでも不安に思ったとき、銅鏡が俺を支えてくれた。あの女の子だけが俺の特別なんだ。他の女などいらん」

白雪は声をあげそうになるのを必死でこらえた。その子は自分だと明かしてしまえば、正体を気づかれてしまう。今どうして男の身体となっているのか、その説明ができない。けれど。

「お前はあの女の子に似ている」

「せい、し……」

「あのときの女の子は、それはそれは可愛くてな」

口角を上げながら口にする星辰の言葉に、白雪の心臓はうるさいぐらいに高鳴る。

「か、可愛いなどと簡単におっしゃってはいけません」

「どうしてだ？　可愛いものを可愛いと言ってなにが悪い」

その口ぶりは、どこかからかっているようにも聞こえたけれど、今の白雪には反論さえできない。

「以前、その女の子に似た少女が後宮に入ってきたことがあった」

「え……？」

突然の話に、白雪は息が止まりそうになった。その女の子は、まさか。

「俺がもらった銅鏡とよく似たものを持っていて、もしかしてと期待したんだがな」

「違ったの、ですか？」

声が震えるのを必死で抑える。そんな白雪の思いを知ってか知らずか、星辰は残念そうに肩をすくめた。

「違った。顔はよく似ていたが、雰囲気や纏う空気が違う。そうだな、たとえるなら包子と月ぐらい違うな」

「ふっ、ふふ。どういうたとえですか。そのふたつはまったく違いますよ」

「そうか？　まあ、俺にとってはそれぐらい思い出の中にいる女の子の存在が大きいということだ。わかったか？」

星辰の声色はとても優しくて、温かかった。

「どうした。顔が赤いぞ」

「そ、そんなはずありません！」

顔を背け否定する白雪を、星辰はおかしそうに笑う。

もしかしてすべて感づかれてしまっているのでは。そんな疑問が湧き出るぐらいに星辰の口調は楽しげだった。

「だからだろうか。ひと目見た瞬間、お前から目が離せなくなったのは。こんなふうに閉じ込めて俺の元から離したくなったのは」

金色の瞳は、なにもかもを見透かしているかのように白雪をまっすぐに見つめた。

（やっぱり気づかれている……？　ううん、違う。星辰様はあのときの女の子に私を重ねているだけ。あの女の子は私だけど、星辰様が見ているのは私ではなくて……）

「白雪？」

涙があふれそうになるのを必死にこらえると、白雪は歪ながらも必死に笑みを浮かべた。

「で、でも！　私は男ですから」

「……そうだな」

「そう、ですよ」

肯定しながらも、言葉とは正反対に星辰は熱い視線を白雪に向ける。その視線を受け止めることもできず、白雪はそっと目を伏せた。

まさかあのときの初恋の男の子が、皇帝陛下だったなんて。

外朝で出会った、白雪よりも少し年上の男の子。周りを睨みつけながらも不安そうな表情を浮かべているその子の姿に、どうしてそんなふうに自分の気持ちを素直に表せるのか、不思議で仕方がなかった。

強がることでしか不安な気持ちをごまかせられなかった。自分の置かれた環境をつらい、苦しいと言葉にしてしまえば、自分が惨めで悲しい存在になってしまうとずっと虚勢を張っていた白雪に、本音を口にする勇気をくれた。怖いときは怖いと言ってもいいのだと気づかせてくれた。

本当は不安で仕方がなかった白雪が、あの日泣かずにいられたのはきっと握りしめた彼の手のぬくもりがあったから。

あの日からずっと、あのぬくもりが白雪を支えてくれていた。彼を思い出すと、自分自身のつらい気持ちに向き合って受け止めることができた。

「俺を見ろ」

「あ……っ」

長い指で星辰は白雪の顎をすくい上げる。瞬きをすれば睫毛《まつげ》が触れそうなほどの距離で見つめるこの瞳に、どうしても抗えない。

「白雪、俺は――」

なにかを口にしかけた瞬間、星辰の眉間に深く皺が寄った。

「ちっ」

「え……?」

「誰だ」

それまで白雪に向けていたものとはまったく違う硬く冷たい声を、星辰は扉の向こうに投げかけた。誰かいるのだろうか、と不思議に思うと同時に返事が聞こえた。

「……私です」

「入れ」

短く答えた星辰の言葉に、白雪の部屋の扉が開き、太監が顔を出した。

慌てて星辰から身体を離そうとするけれど、長い腕は白雪の身体を捕らえたまま放してはくれない。

「どうした」

「……ここでは」

拱手の礼を取ると、太監は星辰へと視線を向けたあと白雪を一瞥した。どうやら白雪の耳には入れたくない内容のようだった。星辰はもう一度舌打ちをすると、長椅子から腰を上げ太監の方へと向かう。

聞き耳を立てるつもりもなかったけれど、同じ部屋の隅で繰り広げられればいくらかは会話が耳に入ってくる。

「……女……で……」

「殺せ」

耳に飛び込んできた単語に思わず息を呑みそうになるのを、両手で口を押さえ必死にこらえた。

今のは、まさか。ううん、そんな物騒なことを言うわけがない。

そう思いたいのに、凍てつくような視線を太監に向けた星辰は、白雪の知らない冷ややかな声色で話を続けていた。

聞いていると感づかれてはいけない。なにもなかったように取り繕おうとしながらも、視線は自然と星辰の方へと向けてしまう。

「……白雪」

「は、はい」

こちらを向いた星辰の表情に、白雪の背筋が伸びる。太監に向けていたものと比べれば柔らかいが、それでも普段白雪へと向ける視線とは違っていた。

「用ができた。また来る」

「しょ、承知いたしました」

「勝手に外へ出て危ないことをしてくれるな。わかったな」

「……はい」

白雪が返事をすると、星辰は太監を連れて部屋を出ていった。

その日は、いくら待っても星辰が白雪の元を再訪することはなかった。

夜、臥牀《がしょう》に入った白雪は過去を思い出していた。

今にも泣きそうな顔をしているお兄さんに笑ってほしくて、いろいろと話をした気がする。別れ際、彼が笑ってくれたのが嬉しくて、屋敷に帰って瑞雪にもらった銅鏡をどこにやったのかと母から叱責されたけれど、そんなの気にもならなかった。それぐらい彼の笑顔は特別だった。

「あの子が、星辰様だったなんて」

眠ろうと思って臥牀に入ったはずなのに、思い出せば思い出すほど胸の音がうるさくて眠れなくなる。星辰なら、自分の正体を話しても受け入れてくれるのでは。そんな甘い考えが脳裏をよぎった瞬間、自分に課せられた対価を思い出した。

「そう、だ。私は」

白雪は星辰を殺さなければいけない。それがこの後宮に宦官として入るためにかけてもらった呪術の対価。それに……。

星辰の言った『殺せ』という言葉が何度も頭をよぎる。

白雪の知っている星辰とはまるで違う。けれど、もしあれが本来の星辰だったとしたら。白雪が見ていたのが、偽りの姿なのだとしたら。

「『復讐』か……」

故郷を焼いた、水蘭の仇である星辰。さらに水蘭は、瑞雪を手にかけたのも星辰だと言っていた。

水蘭の言う、冷酷な人物が星辰と結びつかない。だって、白雪の知っている星辰は少しいじわるだけど、優しい人間だ。

「でも、冷たい目をしてた」

あんな目をする星辰を、白雪は初めて見た。

とはいえ、白雪の知らない星辰の顔が他にあったとしても不思議はない。白雪が知っている星辰なんて、ほんのわずかでしかないのだから。

「でも、だからって星辰様を……」

殺す、なんて──。

そんなことしたくない。けれど、しなければ呪術の対価が白雪の命を奪う。

どうすればいいかわからない思いの狭間で、白雪は窓の外へと視線を向ける。

今夜は朔《さく》の日。月のない夜。

道しるべとなる月の光がない空は、まるで出口のない迷路をさまよう白雪の心情を表しているかのよう。

白雪は月から目を背けると、衾褥に顔を埋《うず》めた。見たくない現実から目を背けるかの如《ごと》く。

太監・邦翠霞による調査報告　其の二

普段、感情などというものは切り捨てている。

仕事に私情は挟まない。そうでなければ、昨日まで挨拶を交わしていた人間に対して処刑を言い渡すことなどできない。

鬼と人間は違う。見た目だけではなく、心の冷たさも。そう思っていた。

「遅い」

苛立ちまぎれに、指で几をトントンと叩く。翠霞が報告に来ると言ってからすでに二刻ほど経っていた。おかげで書類の確認が進まない。

「——主上」

扉の向こうからようやく聞こえた翠霞の声に、無意識のうちに立ち上がりかけ、慌てて腰を下ろした。

ひと呼吸つき、それから「入れ」と短く答えた。

「遅くなり申し訳ございません」

「なにかあったのか?」

「いえ、宦官のひとりが箒を振り回して壊したせいで片付けに追われておりました」

そんなこと自分でさせろと言いたいのを呑み込んだ。青い顔をしているところを見ると、それ以外にもなにかあったのだろう。

「私の管理不行き届きです」

「まあ、いい。お前に任せているからな。それで、調査のほうは」

「はい。蒼白雪についてですが――」

翠霞からの報告を聞きながら、星辰は先日再会した白雪のことを考えていた。

名前を聞いたときはまさかと思ったが、ひと目見た瞬間言葉を失った。あのときの子どもが、成長した姿でそこにいたのだから。それも、宦官の格好をして。

鬼の目を通して見れば白雪は女そのものだったが、周りの人間たちは翠霞を含めて皆、呪術に欺かれ白雪のことを男だと信じて疑っていない様子だった。

だが、だからと言って男の中にひとり白雪が交じるのを許せるわけはない。だいたい、いくら男に見えるようになったといえ、あんなにも可憐《かれん》な存在がいるなんて虎の群れの中に兎《うさぎ》を放り込むようなものだ。

「主上？　あの……おい、星辰。聞いているのか？」

返事をしない星辰に焦れたのか、翠霞は苛立ち交じりに投げかけた。

「ん？　ああ、聞いている。引き続き白雪の両親に対する監視と、白雪の身の安全を頼んだぞ」

「……お前のその強引なやり方のせいで、多少反感を買っているのはどうするんだ」

眉間に皺を寄せた翠霞に、星辰は鼻を鳴らした。

「そのあたりをどうにかするのも、太監であるお前の仕事だろう。任せたぞ、邦太監」

翠霞が首を左右に振っているのを横目に、星辰は窓の向こうに見える空へと視線を向けた。

今頃、白雪も同じように夜空を見上げているだろうか。

いつの日か夜空に浮かぶ満月をともに眺められたなら。そんなことを願わずにはいられないほど、月のない夜空は深い闇に包まれていた。

第三章　幻のような真昼の月に

朝、日が昇ると同時に後宮の時間は動き出す。あちこちの殿舎で下女たちが食事の準備を始め、務めのある嬪たちはいそいそと持ち場に就く。白雪も身の回りの準備を終え、塔の周りの掃き掃除へと向かった。

後宮に入ってから一ヶ月が経ったが、これ以外の仕事は星辰が許してはくれなかった。いや、掃き掃除さえも渋る星辰になんとか許してもらったぐらいだ。

「おはようございます」

「ああ」

近くを通りかかった宦官に声をかけてみるけれど、返事はやはり素っ気ない。とはいえ、塔に移ったばかりの頃に比べれば返事をしてもらえるだけまだいいほうだった。あの頃は、声をかけるどころか視界に入るだけで舌打ちをされたり、遠くからあからさまに白雪を噂している姿も見られた。

それでも誰も白雪自身に危害を加えなかったのは、きっと白雪が皇帝陛下である星辰のお手つきなのだと思われていたからだろう。そしてそれは、後宮に住まう女性たちも同様だった。

皇后のいない星辰の後宮には、妃嬪と宮女たちが暮らしている。瑞雪のことを調べたい白雪にとって、女性たちに探りを入れるのが一番手っ取り早く思えたのだが。

「おはようございます」

白雪が声をかけると、まるで蜘蛛《くも》の子を散らすようにいっせいにその場から離れていってしまう。それどころか、遠くから白雪についてなにかを話している素振りさえ見えた。どうやらいい話でないことは容易に想像がついた。

「はぁ……」

一度や二度で諦めるつもりはないし、粘り強く調べていこうとは思っているけれど、水蘭に言われた『四度、満月が空に輝くまで』という言葉が気にかかっていた。

うっすらと空に残る白い月は欠けることのない円を描いている。あと二度、あの月が空に昇るまでに星辰を殺めるか、もしくは白雪自身が死ぬか――。

手にした箒の柄を強く握りしめる。こんなところで、立ち止まっているわけにはいかない。

箒で舞い散った葉や花を掃き集めながら辺りに視線をやると、折れた木を面倒くさそうに集めている宦官の姿が見えた。

「あの」

「は？」

近づいていって声をかける白雪に、宦官は訝《いぶか》しげな表情を向ける。

「なんだよ」

「いえ、その。草木を捨てるついでに、その木も捨てておきましょうか？」

「……いいのか？」

「はい。ついでですし」

白雪は瑞雪を思い出しながら、人当たりが良さそうに見える笑みを浮かべた。その瞬間、目の前に立つ宦官の表情が柔らかくなったのに白雪は気づいた。

「そ、そうか。なら、頼むとするかな。えっと、白雪だったか。ありがとな」

「いえ、気にしないでください」

両親曰《いわ》く、『双子といえども明るくて可愛くて優しくて、人に愛されるために生まれてきた』存在の瑞雪と、『人当たりも悪ければ、しゃべりもうまくなく、誰からも疎まれ黙って周りに従順でいるぐらいしか価値がない』白雪とでは似ても似つかなかった。

けれど、顔だけはよく似ていたので意識して瑞雪のように振る舞うようにすれば、少なくとも誰かに対して不快感を抱かせたり苛立たせたりすることはないようだった。

これは後宮に上がって白雪が得た処世術だった。

「お前もなにか困ったことがあったら……ああ、いや。お前が困るなんてあるわけ――」

「本当ですか!?」

わざとらしく大きな声を出して一歩距離を詰めると、宦官の言葉を遮った。宦官は驚いたように目を見開き、左右を見回してからこくこくと頷いた。

「なにか困り事でもあるのか？」

「困っているというか……っ」

言いかけた白雪は、誰かの視線を感じた気がして辺りを見回した。

「どうした？」

「い、いえ」

気のせいだったのか、近くには誰の姿もなかった。それでも念のため、もう一度他の人間がいないことを確認すると、白雪は声を落とした。

「ここに来たばかりの頃、とある殿舎の掃除をしていたときに落とし物を拾ったのです」

「落とし物？」

「はい。銅鏡だったのですが、それを持ち主の方に戻したくて」

なんだそんなことぐらい、と言わんばかりに宦官は鼻を鳴らした。

「なら、その殿舎の妃に渡せばいいだろう」

「それが……そこは空き殿舎でして。次の方が入られる前の掃除だったのです」

「ああ、それでか」

白雪の説明で宦官も理解したらしい。口元に手を当てると「うーん」と考えるように唸《うな》り声をあげる。

その姿に、少しだけ白雪の胸が痛んだ。

銅鏡の持ち主が誰であるか、白雪はよく知っていた。知りたいのは持ち主ではなく、持ち主の瑞雪がどうして死ななければならなかったか、だ。そのためなら妃嬪だろうと宦官だろうと利用できるものはすべて利用してみせる。

「ちなみにどこの殿舎だ？」

こうやって尋ねてくれるこの宦官はきっといい人に違いない。白雪が殿舎の場所を説明すると、宦官は顔をしかめた。

「そこか……」

「ご存じなのですか？」

「ああ。だが……」

言い淀《よど》む宦官に、白雪は首を傾げる。いったいなにを隠しているのだろう。

「あの？」

「……その方はもう亡くなっている。銅鏡のことは忘れて、どこかに捨ててしまえ」

「どうして……！」

いい人だと思ったのに、なぜそんな冷たい発言をするのか白雪には理解できなかった。苛立ちさえ交じったような非難の声をあげると、宦官は「すまん」とだけ残してその場を立ち去った。

「なんなの……」

瑞雪の死に、いったいなにがあるというのか。不可解な返答をしたのはあの宦官が初めてではなかった。今まで聞いた宦官も、そして嬪たちも、皆白雪の話に出てくる妃が瑞雪だとわかると口を噤《つぐ》み、深入りするなと忠告する。けれどその理由までは決して誰も教えてくれようとはしなかった。

「はぁ。運ぶかな」

ため息をひとつつくと、白雪は足下に散らばった木の枝をまとめて持ち上げた。まとめた木の枝を片付けて塔へと戻ろうとした白雪の背後で、誰かの気配がした。

「そこのあなた」

「え……？」

その少女を見た瞬間、白雪は声を失った。

「ずい……せ……」

思わず口走りそうになった名前を呑み込むように、必死に口を押さえる。

振り返った先にいたのは、白雪と同じ年頃の、瑞雪によく似た少女だった。

違う、瑞雪じゃない。瑞雪なわけがない。瑞雪よりも幼い顔立ちの少女は、勝ち気な瞳にぽてっとした唇、腰の辺りまで伸びた髪を高い位置で結んでいた。

よく見ると、瑞雪とはまったく違う。けれど纏う雰囲気があまりにも似ていて、瑞雪がそこにいるのかと錯覚してしまうほどだった。

少女は綺麗な襦裙を身に纏った姿から、下女や嬪ではなく妃であるとわかった。

「私、でしょうか？　どうかされましたか？」

拱手の礼を取ると、白雪はにこやかな笑みを浮かべて尋ねた。けれど白雪の態度とは正反対に少女は厳しい視線を向けてきた。

「紅昭儀《しょうぎ》様のことを嗅ぎ回っているというのはあなたですね」

「紅昭儀様……」

瑞雪の位階は昭儀。紅昭儀とは瑞雪に間違いない。

確かに白雪は瑞雪の死について調べていた。けれどどうしてそれを、この見ず知らずの少女から咎められなければならないのか理解できなかった。

「そうよ。なんの目的があるのか知らないけれど、あの方を貶《おとし》めるような真似をすれば私が許しませんよ」

睨みつけるように白雪を見据えるその表情は、なぜか瑞雪を思い出させた。

よくこんな表情をして、不条理な怒りを白雪にぶつける両親から守ってくれていた。

この少女の抱いている怒りは、瑞雪を守るためのもの、なのだろうか。だとしても、白雪にだって譲れない想いがある。

「貶めるつもりなんてありませんよ」

白雪は静かに答えた。けれど少女は納得しない。

「嘘よ。さっきだって宦官に紅昭儀の殿舎について聞いていたでしょう。昨日は嬪に紅昭儀が周りからどんなふうに思われてたかと聞いて回っていましたわ」

どうやらここのところの白雪の行動は、この少女に見張られていたようだった。ため息をつきそうになるのをこらえると、白雪は少女を見据えた。

「あの、あなたはえっと」

「私は周桃優《しゅうとうゆう》。位階は充媛《じゅうえん》よ」

「周充媛様ですね。私は蒼白雪と申しまして、紅瑞雪の遠縁のものとなります」

「紅昭儀様の……？」

今まで見せた中でも一番の、疑念に満ちた表情を白雪へと向けた。けれどそんな様子には気づかないふりをして、白雪は「はい」と頷いた。

「瑞雪は父の従兄弟《いとこ》の子でして。ちょうど私が後宮で宦官として勤めることになったと聞きつけ、瑞雪の両親から彼女が生きていた頃の話を後宮の人に聞いてきてほしいと頼まれたのです」

「ご両親から……。そんな都合のいい話が本当に？」

白雪の説明を聞きつつも、桃優はまだ信じ切れてはいないという表情を浮かべていた。
もう少しそれらしい話をしてみようか。それともこのまま様子を見てみるほうがい
いだろうか。
考えた末、静観することにした白雪に、桃優はおずおずと口を開いた。
「あの……では、幼い頃の紅昭儀様をご存じなのですか……?」
「ええ、もちろんです」
その瞬間、桃優の表情がパッと明るくなったのがわかった。
うまくいった気がする。そう思うと同時に、こんなにも喜ぶぐらいにこの少女と瑞
雪が親密な関係だったのかと少しだけおもしろくない気分にもなった。
「どんな方でしたか……?」
「優しい方でした。いつだって正しくて、傷ついている者がいるのを見過ごせず。自
分が叱られてでも誰かを守ってくださる、素敵な方でした」
「ああ、やはり。幼い頃からそうだったのですね」
偲《しの》んでいるようにも懐かしんでいるようにも思える感嘆の息を、桃優は頬を赤らめ
目尻に涙をにじませながら吐き出した。
その態度が自分も同じぐらい瑞雪を知っているのだと暗に言われているようで、つ
いむきになってしまう。

「ええ。謂れのない話で私が叱られたときも、なんの反論もできずにいた私の代わりに怒ってくれるような、優しい方でした。大切な存在だったのです」

「ふふ」

「……なんですか」

口元に手を当て小さく笑う桃優に、白雪はあからさまに不機嫌そうな声を出してしまう。けれど桃優は気分を害した様子もなく、それどころか温かい視線を白雪に向けた。

「いえ、紅昭儀様をとても大好きだったのだなと思いまして」

「……っ」

大好きな姉を独り占めしたい子どものような自分の言動を笑われたようで恥ずかしくなる。少しでも落ち着いて聞こえるようにと、わざとコホンと咳払いをしてから口を開いた。

「親族なのですから、当たり前でしょう」

「そうみたいですわね」

ふっと浮かべた桃優の笑みは柔らかく、慈愛に満ちて見えた。

「本当にお身内の方、なのですね」

「そうだと言っております」

「失礼いたしました」

腰を折る桃優に、白雪は慌てて首を振った。

「お、おやめください。私のようなものに、そんな」

「いえ。宦官といえど、紅昭儀様のご親族の方でしたら当然です」

「あの、あなたは紅瑞雪と親しかったのですか?」

白雪の問いかけに、桃優は頷こうとして、でも自身の行動を否定するように首を振った。

「いいえ、親しいなどとそんなおこがましい……。ただ私が一方的に慕っていただけです」

桃優は寂しそうな表情を浮かべると、口角を少しだけ上げて微笑んだ。

いったいこの少女は、瑞雪のなにを知っているのだろう。周りへの警戒感を見るに、なにかを隠しているのは間違いないようだ。

もっと話を聞きたい。しかし前のめりになりそうな気持ちをグッと抑えた。

「もう少しお話を聞かせていただきたかったのですが、私のような者とあまり長く一緒にいるのは周充媛様としてもよろしくないかと存じます」

騒がしさが少しずつ白雪と桃優の方へ近づいてくる。

宮付でもない宦官と妃が個人的な話をしているところを見られるのはよくない。それに白雪としても、そろそろ塔へと戻らなければ、星辰になにをしていたのかと咎められてしまう。

「そうです、わね」

桃優が少しだけ寂しそうな表情を浮かべたのを白雪は見逃さなかった。瑞雪の話がしたいと思っているのは、白雪だけではないようだ。

「もし周充媛様さえよろしければ、またお時間をいただけませんか？」

「え？」

「その、紅瑞雪との思い出を聞かせてほしいのです。生前の彼女について語れる相手は、ここにはあなたしかいなくて……」

嘘と本当が交じる言葉。すべてが嘘というわけではなかった。白雪にとって大切な半身だった瑞雪の話ができるのは、情報を得る以上に嬉しいことだった。

「私でよければ、喜んで」

けれど無邪気に嬉しそうな笑みを浮かべる桃優の姿を見ると、すべてが嘘ではないにしても胸が痛んだ。でも、誰かを傷つけてでも、白雪には瑞雪の死の真相を知るという目的がある。そのためには手段は選んでいられないのだ。

数日後、再び白雪は先日桃優と出会った場所に向かっていた。

あの日、塔に戻った白雪を待っていた星辰の機嫌があまりにも悪く、この数日は不用意な外出は避けていたのだ。今日は日中に来客があるから後宮には来られないと言っていたので、こうやって自由に動けている。

といっても、桃優と約束をしているわけではないので会えるとは限らないのだけれど。なんとなく桃優は同じ場所に来ているような気がしていた。

「ああ、やっぱり」

木陰に佇むその姿を見て、白雪は口元を緩めた。白雪の漏らした声が聞こえたのか、桃優はこちらに顔を向けた。

「やっといらっしゃったのですね」

「申し訳ございません。もしかしてあれから毎日、私を待っていてくださったのですか?」

「べ、別に。あなたを待っていたわけではありません!」

身を乗り出して否定すると、桃優は目を伏せ自分の足下へと視線を向ける。

「ただ私は先日のように紅昭儀様の思い出話ができればと」

「ありがとうございます。そんなふうに慕ってもらえてきっと紅瑞雪も喜んでいるはずです」

「そうだと、いいのですが。でも『まだあの子は私がいなくちゃ駄目なのね』と心配されてしまっているかもしれません」

困ったような自虐的なような笑みを桃優は浮かべる。

ふたりはいったいどういう関係だったのだろうかと考えていると、白雪の疑問に答えるように桃優は口を開いた。

「私が後宮に上がったのは、紅昭儀様がいらっしゃってから数ヶ月ほど遅れてでした。すでに大多数の方々は後宮に馴染《なじ》み位階ももらっている中に放り込まれたのです」

「それは大変でしたね」

最初からいるのとできあがっている中に自分だけあとから入るのでは、気苦労に天と地ほどの差があるのは想像に難くない。それが後宮という名の、女たちの憎愛と思惑の入り交じる空間であればなおさらだろう。

「そう、ですね。突然入ってきた私のほうが上の位階となったせいで、贔屓《ひいき》だの賄賂を渡しただの陰でいろいろ……いえ、直接言っていらした方も……」

「そんな……」

なんて面倒くさい、と本音がこぼれそうになって慌てて口を噤む。傷つけられてきた桃優の前で言うべき言葉ではない。けれど。

「面倒くさいですよね」

「え、あ、はい」

桃優本人が肩をすくめ、呆《あき》れたように空を見上げた。つられるように見上げた澄み渡る青空を、白い鳥が横切っていく。

「私も面倒くさいって思っちゃって。でもそれが態度に出たのが悪かったのか、余計に周りからの当たりがひどくなってしまって」

「面倒が連鎖してますね」

「そうなの！　ほんっとうにそんなくだらない嫌がらせをする暇があるなら、皇帝陛下に気に入られるように努力すればいいじゃないですか」

頬を膨らませながら言う桃優は怒っているはずなのに可愛らしい。けれどこれでは確かに敵が多くなりそうだ。とはいえ、桃優のこの性格を、白雪は嫌いではなかった。そして、それはきっと瑞雪も同じだったのではないだろうか。

「そんなときに紅昭儀様と出会ったのです。紅昭儀様は多勢に無勢の私をかばってくださって」

「瑞雪が……」

その姿が想像ついて、ふっと笑みを漏らしてしまう。

「でも、最初は『大丈夫ですから放っておいてください！』って突っぱねちゃって。そんな私に紅昭儀様は『無理して強がらなくていいのよ』って言ってくださったんです。私が、後宮に上がってひとりぼっちでずっと強がってたのを見抜いて……」

ああ、瑞雪らしい。あまりにも白雪の知っている瑞雪のままで、胸の奥が温かくなって涙があふれそうになるのを必死にこらえた。

「本当はずっと不安で。毎日夜になるたびに衾褥を涙で濡らしていました。そんな私を紅昭儀様は『どうせお渡りもないのだから』と笑って自分の臥牀に入れてくださって。あの方がいたから、私は後宮に居場所ができました」

「紅瑞雪は、すごいですね」

素直に、口をついて出ていた。

瑞雪はすごい。どこにいってもこうやって誰かのために誰かを支えて生きていた。白雪とは違う。どうして今ここにいるのが自分で、瑞雪がいないのか。考えても仕方のないことを思わずにはいられない。

「そう、ですね。紅昭儀様は素晴らしい方です。優しくて明るくて、妃嬪だろうが宦官だろうが誰にでも分け隔てなく接して、こういう方が皇后になられればいいのでは、と口に出す者も、口には出さないけれどそう思っている者もたくさんいました」

「皇后に……」

自分のことのように嬉しそうに話す桃優がどれほど瑞雪を慕っていたのか伝わってくるようだった。

白雪が実家で腐ったように生きていたあの一年で、瑞雪は後宮に居場所を作っていた。みんなから皇后にと望まれるような存在となっていた。

それが白雪にとっては誇らしくもあり、同じ双子でもこうも違うのかとどこか寂しくもあった。やはり瑞雪には敵わないのだと。

胸の奥が締めつけられるような、苦しさにも似たじくじくとしたなにかが襲いかかる。そんな白雪の鈍い痛みになんて気づかないまま、桃優は「でも」と話を続けた。

「紅昭儀様があまりにも完璧すぎて、本当は無理しているのではないかと心配になって、尋ねたことがあったんです。頑張りすぎてはいませんか、と」

「それで、瑞雪はなんと答えたのですか？」

先を促す白雪に、桃優はそのときを思い出すように笑みを浮かべた。

「『実家に置いてきた妹に胸を張って生きられるように頑張りたいの』と」

「妹に、胸を張って……」

瑞雪がいなくなった屋敷で白雪が死んだように生きていた間、まさかそんなふうに考えてくれていたなんて。知らなかった瑞雪の思いに、涙があふれそうになるのを必死にこらえた。

「ああ、そうだ。一度だけ『桃優は妹に似ているわ』と瑞雪様がおっしゃっていて」

「わた……紅瑞雪の妹に、ですか？」

「ええ。似ていますか？」

似て、いるのだろうか。白雪にはこんなに可愛げはないし、明るくもない。話術だって、白雪よりもずっとあるように思う。

「どう、でしょう。私にはよくわかりません」

「そう、ですか。妹に似ているからつい私をかまってしまうと、こんなふうに妹を可愛がりたかったと。だから……って、あ、あの？」

「え、あ……」

慌てたように言葉を途切れさせる桃優にどうしたのかと思えば、どうかしたのは白雪のほうだった。無意識のうちに涙があふれ頬を伝い落ちていく。

「す、すみません」

「大丈夫ですか……？」

「はい……。その、瑞雪を思い出してしまって」

袖で涙を拭うと、白雪は深く深く腰を折った。

「お話を聞かせてくださり、ありがとうございました」

震える声を抑えられなかった。

瑞雪が、ずっと自分を思ってくれていた。ただそれだけで胸がいっぱいになって、今すぐにでも声をあげて泣き出したいぐらいに嬉しかった。

「最近、お気に入りの妃がいるらしいな」

その日の夕方、定位置となった長椅子に腰を下ろした星辰は、膝の上に座らせた白雪を後ろから抱きしめる。問われた白雪は、思わず首を傾げた。

「お気に入り……？　と、言われますと……？」

なんのことかわからず首を傾げると、衿《えり》から覗く白雪の首筋に星辰の吐き出した息が触れた。

「んっ……」

「そんな声を出してもごまかされんぞ」

「ご、ごまかしてなどいません！」

白雪は身をよじりながら必死に反論する。だいたい、心当たりがあればとっくに答えている。

「ずいぶんとご執心の娘がいると聞いたが？」

与えられる言いようのない感覚に必死で耐える白雪とは対照的に、星辰はわずかではあるけれど不服そうな感情をにじませていた。

「娘……？」

その言葉に、思い当たる人物はひとりしかいなかった。

「もしかして、周充媛様でしょうか？」

「名など知らん。だが、ここの人間に深入りをするな」

その声色があまりにも真剣で、つい茶化してしまう。

「宦官である私がここにいる女性を気に入るなど、あるわけがございません」

「そういう意味ではない」

星辰がそう言ったかと思うと、白雪の首にちりっとした痛みが走った。

「なっ……！」

思わず手で首を押さえて振り返ると、すぐそばに星辰の顔があった。まっすぐに白雪を見つめる金色の瞳があまりにも綺麗で、吸い込まれてしまいそうになる錯覚を覚えて、慌てて視線を逸らす。

「こちらを見ろ」

けれど、それを星辰は許してくれない。長い指で白雪の顎を掴み、顔を自分の方へと向けた。首筋に唇を寄せられ、全身がビクリと跳ねる。

「ふっ、お前の首は女みたいに細いな」

「やっ……」

涙をにじませながら星辰を上目遣いで睨むと、おかしそうにくつくつと笑っているのが見えた。

「油断するからだ。そんな顔を見せるのは俺の前でだけにしておけ」

あなたの前ではいいのですかと、喉元まで出かかったけれどグッと呑み込む。どれだけ星辰が気安く声をかけてくれたとしても、白雪が同じようにしていいわけではない。目の前にいる男性は自分たちとは違う、鬼の血を引く皇帝陛下なのだから。

それでも、あたかも白雪がなにに対しても警戒していないようにも聞こえる言葉についい反論したくなってしまう。

「自分の信じる人間は、自分で決めます」

白雪の言葉に星辰は目を丸くすると、くっくっと喉を鳴らして笑った。

「俺にそんな口を利くやつはお前ぐらいだ」

「す、すみません」

怒ってるのかと思いきや、金色の目はおもしろそうに白雪を見下ろしていた。

「とはいえ、善人のように見せかけた悪人はいる」

笑ってはいるけれど、その言葉は真摯に白雪へと向けられていた。

「お前を心配しているように見えて、その実はお前を利用しようとしている者もいる。自分で決めるというのなら、傷つかないようにきちんと見極めろ」

「……わかりました」

白雪を心配してくれていることが伝わってくる言葉に、素直に頷いた。

けれど、星辰の言葉の意味を、このときの白雪は本当の意味では理解できていなかった。

　その日も、白雪は朝の掃除を終えると桃優の元へと足を運んでいた。塔から庭園を越え、さらにその奥にある木々が生い茂った先にある小さな四阿《あずまや》。そこはいつしか白雪と桃優が瑞雪の話をするための秘密の場所となっていた。

「……あれ？」

　普段は静かなはずのその場所で、今日は人の話し声が聞こえていた。先客がいるのだろうかとそっと近づくと、桃優と見かけない女性の姿があった。

　その人は、桃優の着ているものよりも華美で高級そうな襦裙を身に纏い帔帛《ひはく》を肩にかけ、真っ赤な紅を引いているのが印象的だった。

「誰っ」

「あ……」

　気づかれないようにしていたつもりだったけれど、その人は白雪の気配に気づいたのか鋭い声をあげた。少しつり目な切れ長の瞳に睨まれ、身が縮まりそうになる。けれど、隣に立つ桃優も不安そうな視線をこちらに向けていたので、白雪はおずおずとふたりの前に姿を現した。

「宦官ね」

吐き捨てるように言う女性に、白雪は腰を折り拱手の礼を取る。

「蒼白雪と申します」

「ああ、あなたが」

その短い言葉にどれだけの侮蔑が込められているか気づかないほど子どもではない。

グッと感情を押し殺すと、白雪は顔を上げた。

「あなた様は……？」

「私を知らないというの？　宦官のくせに？」

「申し訳ございません……」

一日のほとんどを塔に引きこもっている白雪にとって、たくさんいる妃嬪と会う機会はなく、顔も名前も知らない人が多かった。

「ふん。さすが主上の寵児《ちょうじ》ね。私たち妃なんて気にする必要もないなんて」

「そういうわけでは……」

否定しようとするけれど、白雪が目の前の女性を知らないという事実は変えられない。もう一度腰を折り「申し訳ございません」と頭を下げるしかできなかった。

そんな白雪に助け船を出してくれたのは、困ったように立ち尽くしていた桃優だった。

「白雪、こちらは李月珠《りげつじゅ》様。昭容《しょうよう》の位にあられる方です」

「李昭容様……。大変なご無礼をお許しください」

昭容ということは充媛である桃優よりも上の位階に位置する。普段は強気な桃優が大人しくしているのはそのためのようだ。

「ふん。周充媛様」

白雪を一瞥すると、月珠はそのまま桃優へと視線を向けた。

「は、はい」

「最近この者とよく一緒にいると聞きますが、お間違いないですか？」

「それ、は」

間違いか間違いじゃないかと問われれば間違いではないのだけれど、月珠の責め立てるような口ぶりは答えをわかっている上で、あえて桃優の口から言わせようとしているように聞こえた。

「間違い、ありません」

桃優もそれを理解しているからこそ、口ごもりながらも認めるように頷くことしかできない。

桃優の返答に、月珠は大げさなまでにため息をついてみせた。

「周充媛様、あなたが周りからなんと噂されているのかご存じですか？」

「……いえ」

「ご存じない？　そう、ならお教えしてさしあげますわ。主上の寵愛がいただけないからと主上の寵児に擦り寄る好き者だと、そう言われてるのです」

「っ……！」

「なっ……！　誰が……！」

口を押さえ言葉を失った桃優の隣で「そんな根も葉もない話を」と反射的に言い返しそうになった白雪を月珠は睨みつけた。

「黙りなさい！」

「……っ」

あまりの剣幕に、白雪だけでなく桃優も身体が凍りついた。そんな姿を見て、月珠は眉間に皺を寄せるとため息をついた。

「周充媛、自分の立場を弁《わきま》えなさい。お渡りがなくともあなたは主上の妃なのです。それから、そこの宦官様」

「私、ですか」

静かに白雪へと視線を向けると、感情のこもっていない表情のまま月珠は口を開いた。

「あなたの仕事は後宮の雑務であって、主上のご機嫌取りをすることでも、ましてや腰を振って寵愛をいただくことでもないはずです」

「なに、を……」

「しょせん、あなたは宦官。女の真似事をしようと女にはなれないのですから、大人しくしていなさい」

吐き捨てるように言うと、これ以上ここに用はないとばかりに月珠は立ち去ろうとする。

「──なにをしてらっしゃるの」

しばらく歩くと月珠は振り返り、桃優に厳しい声を投げつけた。

「え……？」

「あなたも戻るの。それともなに。その宦官にまだ用があるとでも？」

「それ、は……。はい……」

伏し目がちに頭を下げると、桃優は白雪の前を足早に立ち去っていく。ふたりの姿が完全に見えなくなって、白雪はふうと息を吐き出した。

言葉は厳しかったけれど、月珠の言っている内容は間違っていない。

最初こそ、瑞雪の情報を得るために桃優と会っていた。けれど次第に、瑞雪の話をできるのが嬉しくて、ただ桃優と話したくて会いに行っていた。その結果が、桃優が後宮内であらぬ噂を立てられてしまう事態となってしまった。

宦官としてここにいる白雪とは違い、桃優は妃だ。皇帝陛下である星辰の妃である桃優が、宦官といえど他の男と密接な関係にあるなどという話が星辰の耳に入れば、最悪死が待っている。

それは白雪も同様であった。白雪が星辰のお気に入りだから、などという話ではなく、一宦官である白雪が後宮にいる妃嬪に手を出した、などと言われてしまえば処罰は免れない。

もう桃優に会うのはやめよう。それがお互いのためだ。

白雪はその場をあとにすると、塔へと戻った。ほんの少しの寂しさを抱えながら。

自室から、窓の外をぼんやりと眺めていた。

昨日はなにも言っていなかったけれど、用でもできたのか今日は星辰が訪れることもなかった。会えばきっと『なにがあった』と尋ねられてしまうだろうから、ちょうどよかったのかもしれない。

さすがの白雪でも『あなたの妃嬪とただならぬ関係にあると噂されているらしく』なんて答えられるわけがない。

重い気持ちのまま窓辺で佇んでいると、目に映る景色の中に、見知った姿があることに気づいた。——桃優だった。

辺りを見回しながら、まるで誰かに見つかるのを恐れるかのように歩みを進める桃優の視線の先には、白雪のいる塔があった。

「まさか」

そんなはずがあるわけない。白雪の勘違いであってくれと祈りながら桃優を見つめ続けていると、不意に桃優が視線を上げた。

「……っ」

その瞬間、白雪は窓に背を向けた。

今、ほんのわずかな時間ではあったけれど桃優と目が合った、気がした。

まずい、と思ったときにはもう遅かった。もう一度そっと窓の向こうに視線を向けた白雪の目に映ったのは、足取りを速め一部の宦官たちの暮らすこの塔へと足を踏み入れる桃優の姿だった。

妃嬪が塔に用なんてあるわけがない。太監といえど、妃嬪を呼びつけることはないだろう。そうなれば、桃優が塔に来た目的なんてひとつに決まっていた。

白雪は自分の胸の音が大きくなるのを感じていた。そして……。

コンコン、という控えめな音が室内に響き渡った。

「…………」

どうするべきか悩んでいる間に、再び扉が叩かれる。

「……白雪様」

「あ……」

扉を挟んだ向こう側から聞こえてきたのは、いつもより硬い桃優の声だった。

「あの、私、先ほどの件を謝りたくて」

押し殺したような声で桃優は言う。

当たり前だ。周りにあるのは宦官の部屋ばかり。こんな話をしているところを聞かれたりでもしたら、妃といえども処罰は免れない。そもそもこんなところに来てはいけないのだ。

「白雪様……？」

「お帰りください」

「え……」

閉め切ったままの扉の前で、白雪はできるだけ冷たく、そして気怠《けだる》げに聞こえるように桃優へと言葉を投げつける。

「もうあなたとお話しするつもりはありません」

「どうして……」

「それはあなたが一番よくおわかりでは。先ほどのようなくだらない話に巻き込まれては私としても迷惑です。こうやって話をしているだけで、どんどん具合が悪くなっていく」

扉の向こうで桃優が息を止めたのがわかった。

扉越しで表情が見えなくてよかった。見えていればきっと、こんなふうに言葉を重ねるなんてできなかった。

「もうあの場所に行くつもりもありません。ここにもいらっしゃらないでください」

「そう、ですか……」

「紅瑞雪の話を聞かせてくださりありがとうございました」

桃優はしばらく無言のままその場に立っていたようだったけれど、やがて足音が聞こえ立ち去ったのがわかった。

完全に音が聞こえなくなるまで待ってから、ようやく息を吐き出すことができた。

これでいいのだと自分自身に言い聞かせて、でもやはり寂しさが白雪を襲う。

桃優と過ごした時間は、まるで瑞雪が生きていた頃を思い出させてくれるようだった。

瑞雪の話ができるのは嬉しい。でもだから桃優と一緒にいたかったわけじゃない。

同じ年頃の友人とも思える存在が初めてできた。それは、瑞雪以外との関わりをほぼ持たずに生きてきた白雪にとって大切でかけがえのないものだった。

白雪はそっと扉を開ける。誰もいないその場所を見れば、諦めがつく気がしたのだ。

それなのに……。

「どう、して」

そこには、いるはずのない桃優の姿があった。

「お元気そうですね」

「え、あ、えっと」

こんな状況は想定しておらず、動揺を隠せない。

普段よりも高圧的にも見える態度で桃優は白雪に視線を向ける。

「『どうして立ち去ったはずなのにここにいるのだろう』って言いたそうですね」

「それ、は」

頭の中を見透かされているようだった。ううん、それよりも。

「周充媛様……？　あの、普段と、その言葉遣いや態度が……」

つい口走ってしまったものの、これは失礼に当たるのではないかと考え直し、最後まで言い切る前に口ごもってしまう。

けれど、桃優は白雪の気遣いなんてどうでもいいかのように首を横に振った。

「もう取り繕うのもいいかなと」

「取り繕う……？」

「上辺だけではなく本音できちんと話したいと思ったのです」

その言葉が妙に白雪の胸に突き刺さる。立場も性別も名前さえも嘘で塗り固めた白雪の、真実はいったいどこにあるというのだろう。

黙ってしまった白雪に、桃優はビシッと指差した。

「ということで、蒼白雪。私はあなたに怒っているのです」

「周充媛様が、私にですか……？」

理由がわからずキョトンとした表情を浮かべた白雪を桃優は睨みつけた。

「どうせあなたのことだから、私に迷惑をかけるとか考えて突き放そうとしているのだと思いまして」

「う……」

「正解のようですね」

はーっと深いため息をつくと、桃優は白雪へと一歩近づいた。

「私は自分が信じる人は自分で決めるし、会いたい人も私が決めます。誰かがなにかを言ったとしてもそんなの関係ありません」

「で、ですが先ほどは……」

「ああ。李昭容様ですね。あれは従っておかないと、あなたになにか危害を加えそうだったからああしたまでです」

なにを当たり前のことを、とばかりに桃優は鼻で笑ってみせた。

「ああいう方にその場で口答えをしたり反抗したりすれば、面倒なことになるだけですからね。従順な態度を取ったと見せかけて、私は私で勝手にさせてもらいます」

「……いい性格してるって、言われませんか？」

「あら。紅昭儀様は妹によく似てて可愛い性格だとおっしゃってくださいましたわ」

桃優の言葉に白雪は噴き出してしまう。瑞雪から見た自分は、こんなに跳ねっ返りだったのだろうか。もう少し大人しいつもりでいたのだけれど。

『――白雪は本当に頑固ね』

不意に、瑞雪の声が脳裏に響く。

あれはいくつのときだっただろう。ふたりともまだまだ幼くて、自分と瑞雪の待遇の違いについて白雪がまだ納得できていなかった頃だった。

瑞雪が頭につけていた櫛《くし》があまりにも綺麗で、つい『いいなぁ』と口走ってしまったことがあった。口にしてはいけない言葉だったと気落ちしていると、瑞雪は満面の笑みを浮かべ、自分の頭から櫛を取って白雪につけてくれた。

男の姿をさせられているけれど、頭につけたそれは白雪が女の子であると証明してくれているようで、嬉しくてついつけたままにしていた。

しまった、と思ったのは、廊下を歩いていた白雪をすごい形相で睨んでいる両親の姿を見たときだった。

衿を掴まれ、回廊の壁に打ちつけるように投げ飛ばされた。徳明は倒れ込んだ白雪へ馬乗りになると頭につけた櫛を取り上げ、その場で叩き壊した。

そのまま白雪を叱るでも怒鳴るでもよかった。けれど父親はそうしなかった。櫛の持ち主である瑞雪の部屋へと向かうと怒鳴りつけたのだ。

瑞雪は悪くない。『いいなぁ』と羨んだ白雪へ優しさで櫛を貸してくれただけ。なのに、どうして瑞雪が怒られなければいけないのか、あの頃の白雪には理解できなかった。

『瑞雪はなにも悪くないのに怒鳴るなんて……！』

『だからって、お父様に口答えするなんて』

徳明の拳によって腫れ上がった白雪の頰に触れ、瑞雪は泣きそうな顔で言う。けれど白雪は自分がしたことに対していっさいの後悔はなかった。

『お父様だからって関係ないよ。間違っていることは間違ってるんだから』

『頑固なんだから……。でも、ありがと』

泣きそうな顔でそう言うと、瑞雪は白雪を抱きしめた。その腕が少しだけ震えていたのを、白雪はよく覚えている。

そのあと、白雪は瑞雪に約束させられた。

『お父様は私にはひどいことはしない。だから私をかばったり守ったりなんてしないで。わかった？』

痛いほど真剣な表情で白雪を見つめる瑞雪の姿に、頷くことしかできなかった。

いくら真実だったとしても、瑞雪の口から白雪へそれを告げるのがどれほど勇気が必要かわからないわけではない。自分はあなたよりも恵まれている。だから私のことは放っておいてと言っているようなものなのだから。

瑞雪の言葉には、白雪への愛情と優しさ、それから罪悪感が詰め込まれている気がした。

その日から白雪は瑞雪に気づかれないよう、自分の行動を改めた。

自分が傷つけば、瑞雪が苦しむ。ならば息を、そして自分自身を殺して両親の望む『白』を演じようと。それはきっと白雪だけでなく、瑞雪の心をも守るはずだから。

そんな白雪の誓いは、瑞雪には秘密にしていた。けれど、もしかすると瑞雪にはすべてお見通しだったのかもしれない。

「似てるって、もしかしてそういう……？」

「え？　なにか言いましたか？」

瑞雪との思い出を振り返りながらふっと笑ってしまった白雪に、桃優は怪訝《けげん》そうな表情を浮かべて尋ねる。

「いいえ」

首を振って否定しながら、ふと考える。違う形で出会えていたら、桃優と友達になれたかもしれないな、と。

そんなあり得るはずもないことを想像して寂しくなるぐらいには、優しくて頑固で他人思いなこの少女を、白雪は気に入ってしまっていた。

太監・邦翠霞による調査報告　其の三

その日の翠霞は、星辰の私室を訪れるなり眉間の皺を深くした。

「なんなのですか、あの者は」

「どうした？」

「蒼白雪です。あの者の周りはいつだって揉《も》め事ばかりで」

「まああれだけ可愛ければ、諍《いさか》いだって起きるだろう」

今日、白雪の元を尋ねたときも元気がなかったようだった。そのあと果物を届けさせたのだが、白雪は食べただろうか。いや、白雪のことだ。自分ひとりだけ果物を食べるなんてと取っておいてあるかもしれない。

「おい、翠霞」

「どうされましたか？」

「今から少しの時間、白雪の元に向かおうと思うのだが」

「おやめください」

星辰の言葉は即座に却下された。

「なぜだ」

「このような時間に主上が後宮へと向かえば、お渡りだと誤解されてしまいます。いたずらに後宮の女たちの心をざわつかせないでください」

翠霞の言うことはもっともで、星辰は押し黙る。

仕方がない。次回からは届けさせるのではなく、持っていって一緒に食べて帰ってくるようにしよう。

そう、小さく心に誓った。

「それで、蒼白雪の揉め事の件ですが」

「ああ、解決したと聞いたが違うのか」

「ええ。どうやら裏でなにかを画策している者がいるようでして。それが、もしかすると……」

翠霞は言葉を濁す。確定していない内容を星辰へと報告するのが憚《はばか》られたようだった。それでも、翠霞の言葉からなにが起きているのかを推測することはできる。

「引き続き、後宮内とそれから白雪の身の回りに十分すぎるほど注意してくれ」

「承知いたしました」

一礼し、翠霞は星辰の部屋をあとにする。

ひとりになった星辰は、几の前の椅子に腰を下ろした。

白雪にはからかうように言ったが、後宮内で親しくできる人間と出会えたのであれば、それは喜ばしいことだった。

孤独や孤立は人の心を駄目にする。白雪にはそうなってほしくなかった。

一度欠け、再び丸みを帯びてきた月を見上げる。

昔は、月を見るとあのときの子どもの笑顔を思い出していた。けれど、いつの間にか思い描くのは白雪の姿となっていた。

あの月が再び満ちるように、白雪の心に欠けているものがあるのだとしたら自分がそれを埋めてやりたい。そう願ってやまなかった。

第四章　三度の満月が笑う夜に

白雪が後宮に入って、いつの間にか三ヶ月が経とうとしていた。もうすぐ三度目の満月の日がやってくる。来た当初、咲いていた薔薇や牡丹はいつの間にか散り、庭園には鳳仙花《ほうせんか》の赤みがかった紫色の花や凌霄花《のうぜんかずら》の橙色をした花などが咲き誇っていた。

未だに瑞雪を殺した犯人はわかっていない。そして、間もなく三ヶ月を過ぎるということは、水蘭との約束の日まで一ヶ月を切ろうとしていた。

四ヶ月以内に皇帝陛下を殺すこと、それが白雪がこの身体を手に入れるための対価だった。忘れていたわけではない。けれど、思い出したくもなかった。それほどまでに後宮で過ごす日々――星辰とともに過ごす時間は、居心地のいいものだった。

あと一ヶ月以内に、本当に自分は星辰を手にかけられるのだろうか。考えただけで腹の奥がじくじくと痛くなる。

「……もう少しだけ、棚上げしとこう」

重い気持ちを追いやって、白雪は塔の自室を出た。

いつものように掃き掃除をしようと思っていると、背後から誰かが肩を叩いた。

「おう、蒼白雪。今日も頑張ってるな」

「え、あ、はい」

同じ宦官服に身を包んだその男は、白雪の肩に手を乗せたまま品のない笑みを浮かべてみせた。

「なにか困ったことはないか？　いつでも相談に乗るからな」

「ありがとう、ございます」

そう言いつつも、そっと距離を取る。肩に置かれた手のぬくもりが妙に気持ち悪かった。

こうやって声をかけられるのは今日に始まったことではない。以前は遠巻きにしていた宦官たちがここ数週間、妙に白雪にかまってくる。いや、宦官だけではない。

「あの……」

下卑た笑みの宦官が立ち去ったかと思えば、今度は上品な襦裙を着た女性がおずおずといった様子で白雪に声をかける。

ああ、今日もだ。

「どうかされましたか？」

「大切な物をなくしてしまいまして……。探してはいただけませんか？」

近くに他の宦官もいる中で、あえて白雪に声をかけてきたと思ってしまうのは、自意識過剰だろうか。

「失《う》せ物ですね。ちなみになにを？」

「簪釵《しんさい》です。どこかで落としてしまったようで……」

「それはお困りですね。承知いたしました」

頼まれてしまえば、宦官である白雪に断るという選択肢はない。落としたと言われた辺りをただ愚直に探し回る。それはいいのだけれど。

いったいなにが目的で宦官や妃嬪が白雪に近づいてきているのかだけがわからなかった。

「うーん、ないなぁ」

先ほどの嬪に言われ、落としたという草むらを探してみるけれど簪釵は見つからない。そもそもこんな後宮の奥まで彼女はいったいなにをしに来ていたのだろう。

一瞬、脳裏を〝嫌がらせ〟という言葉がよぎった。

そんなはずはない。そもそも他の妃嬪ならまだしも、白雪のような宦官に嫌がらせをしたところでなんの得もないはずだ。恨まれるほど彼女たちと会話をした覚えも関わった記憶もない。

けれど、こうやって見つからない簪釵を探していると、先日命じられたにもかかわらず、どうしても探しきれなかった梅桃を思い出す。この季節に咲いているはずのない梅桃をなにがなんでも見たい、後宮の奥にある庭園にならきっと咲いていると言われ一刻ほど探し回ったけれど、結局手がかりすら見つけられなかった。

嫌がらせだと思いたくはないが、振り回されているのは事実だった。それでも宦官としての仕事なので命じられたことに関してはどうにかこなしてはいる。なのに、どうにも一連の頼まれ事や他の宦官たちからの態度について、気持ち悪さを感じずにはいられなかった。

「なにをなさっているのです？」

ひざまずき、草むらをかき分けていた白雪の耳に聞き覚えのある声がして顔を上げた。

そこにいたのは、不審そうな表情を浮かべた桃優だった。

「ああ、桃優様」

「白雪様がどうしてこんなところに？　落とし物でもしたのですか？」

しゃがみ込むようにして白雪と視線を合わせると、桃優は首を傾げる。

塔で桃優と話をしたあの日から『周充媛様』ではなく『桃優様』と名前で呼ぶようになっていた。

本来であれば宦官である白雪が様付けとはいえ『桃優様』などと呼ぶことは許されない。しかし、桃優からそう呼んでほしいと懇願され、ふたりきりのときだけならという条件で承諾をした。

同じように、桃優も白雪を『白雪様』と呼ぶ。敬称など付けずにただの『白雪』と呼んでくれるようお願いしたのだが、桃優は首を縦には振らなかった。『瑞雪様とお呼びしたかったけれど、もう叶わないから代わりに呼ばせてほしい』と無茶苦茶な――もとい、わかるようなわからないような理由で頑なに譲らなかったのだ。

「それで、なにをされてたのです？」

「えっと、失せ物を探してほしいと頼まれまして」

「失せ物を？　こんなところで？」

桃優が眉をひそめるのも無理はない。普段人が立ち入るところよりもさらに奥にあるこの場所は、膝をつけば伸びきった草で足が隠れてしまうぐらいには荒れ果てていた。こんなところにわざわざ来て簪を落とすなど、いったいなにをしていたのかと逆に聞きたいぐらいだ。

「まあそう言われてしまえば、私には探すという選択肢しかありませんし」

「そうかもしれませんが……」

理解はするが納得はしていない、そんな表情を浮かべながら桃優は不服そうに唇を尖《とが》らせた。

「ちなみにどれぐらい探してらっしゃるの？」

「そう、ですね。そろそろ半刻というところでしょうか」

「そんなにも……。わかりました、私に任せてください」

「え？」

桃優は白雪の腕を掴んで立ち上がらせる。そして白雪に頼み事をした女性の風貌を尋ねてきた。

「ああ、わかりましたわ」

覚えている外見を伝えると、桃優はポンと両手のひらを打つ。どうやら心当たりがあるようだった。

ツカツカと歩き出す桃優を白雪は慌てて追いかける。いったいどこに向かうつもりなのか。そんな疑問はさまざまな花々が咲き誇る中庭を見てようやく解決した。

中庭に設置された四阿には何人かの女性の姿があった。その中に、白雪へと簪釵探しを依頼した女性がいた。

「あの方ですね」

「そ、そうです」

白雪に確認すると、つかつかと足音を立てて女性たちへと近づいていく。女性たちも桃優に気づいたのだろう。話をやめ、慌てて立ち上がると腰を折った。

「周充媛様ではございませんか」

「どうかされたのですか？」

どうやら女性たちのほうが桃優よりも位階が低いらしく、恐らく年下であるはずの桃優に媚《こ》びへつらう口調で話しかける。

「こんにちは。ちょっとそちらの方に用がありまして」

「わ、私……でしょうか」

まさか自分が呼ばれるとは思っていなかったようで、女性は左右にいるふたりに視線を向けたあと、慌てたように立ち上がった。

「ええ。孫蘭華《そんらんか》様ですね」

「そう、ですが……」

「先ほど、簪釵を落とされたそうですね」

「え？　そんなはずは……っ」

桃優の問いかけに慌てて否定しようとして、蘭華は固まった。桃優の後ろにいる白雪の姿が目に入ったからだろう。

目に見えてわかるぐらいに顔色が青くなっていく蘭華が気の毒にさえなるけれど、桃優は追及の手を緩めなかった。

「そんなはずは、なんですか？　落としたからこちらの宦官に探すようにと命じたのでは？」

「それ、は……その、そう、だったのですが……」

「はっきりおっしゃったらどうですか？」

一緒にいた他の嬪たちが不安そうな表情を浮かべるほどに、桃優は怒っていた。そしてそれが白雪のためだということはよくわかる。けれど、目の前でうっすら涙を浮かべながらどうしたらいいのだろうとおろおろしている蘭華を見ると、白雪は一歩前に出ずにはいられなかった。

「あの」

「なっ、なんですか」

硬い声で蘭華は答える。なにを言われるのかと警戒しているようだった。

だから白雪は、優しげに見えるよう笑みを浮かべた。

「簪釵は見つかりましたか？」

「…………」

黙り込んでしまったところを見るに、恐らく簪釵をなくしたというのは嘘だったのだろう。

「見つかったのであればよかったです」

「あ……」

「またなにかありましたら、いつでもお声がけください」

腰を折る寸前、蘭華が安堵したような、それでいて不安そうな表情をしているのが見えたけれど、気づかないふりをした。

顔を上げると桃優の不服そうな顔が見えた。気持ちはわからなくないものの、ひとまず苦笑いだけ浮かべてみせ、白雪は蘭華たちへと声をかけた。

「それでは、私は失礼します。お話し中、申し訳ございませんでした」

　そのまま立ち去る白雪を、桃優が追いかけてくるのがわかった。

「白雪様！　待ってください！」

　白雪の腕を掴むと、桃優は怒ったような表情を向けた。その怒りが白雪のためだとわかってはいるものの、あれ以上蘭華を追及しても追い詰めるだけだ。

「いいんですか!?　簪釵をなくしたなど絶対に嘘でしたよ！」

「私もそう思います」

「なら、どうして……！」

　理解できないとばかりに桃優は言う。白雪だって、きっとこれが蘭華の嘘だとわかっていた。それでも断るわけにはいかなかった。だって。

「困ってるように、見えたので」

「え……？」

「彼女は誰かに命令されて嘘をついたのではないかと思ったのです」

　さっき、蘭華は狼狽するのを隠すかの如く目を泳がせた。

　嘘をついてしまったこと、それが露呈してしまったこと、そして桃優をはじめとした妃嬪にそれが知られてしまうこと。これらのいずれか、あるいはすべてかはわからないけれど、白雪の言葉に落ち着きをなくしたのはあきらかだった。

自分の意思で白雪に嫌がらせをしようとしたのであれば、あんなふうに不安そうな表情を浮かべる必要はないはずだ。つまり。

「誰かに？　誰が、どうして」

「それはわかりません。ですが、こうした頼まれ事は今回が初めてではないのです」

頼まれ事だけではなくて、宦官たちからの妙な絡まれ方も同時期から始まったのだけれど、それを言えば桃優に心配をかけてしまう。この事実は、胸の奥にしまっておこうと決めた。

桃優は白雪の話に眉をひそめ、それからため息をついた。

「心当たりはないのですか」

「今のところは……」

「嘘をついて嫌がらせをするなんて、妃嬪としての品格を疑う行為です。ただ証拠もありませんし、白雪様は宦官なので断るのも難しいかと」

「そう、ですね」

苦笑いを浮かべる白雪に「だから！」と桃優は人差し指をずいっと白雪の鼻先に向けた。

「なにかあった際は私に声をかけてくださいませ。そりゃあ私より上位の方に対してなにかができるわけではありませんが、せっかくの充媛という立場を利用しない手はありません」

胸を張ってみせる桃優に、白雪は胸の奥がじんわりと温かくなるのを感じた。それと同時に疑問が湧き上がる。

「どうしてそこまでよくしてくださるのですか」

いくら桃優が瑞雪を慕っていて、その瑞雪の遠縁だったとしてもここまでしてもらう理由がない。

「そんなの」

桃優はなにかを言いかけて、言葉を途切れさせる。どうしたのだろう。

「あの……」

「そんなの！　友達だからに決まっているでしょう！」

「え……」

桃優の答えは、思いがけないものだった。

友達？　妃である桃優と宦官である白雪が、友達？

「それ、は……」

「なに？　文句あるの？　私は立場とか身分とか関係なく、あなたとは友達のつもりでいたけど、違うの？」

違うと否定することも、そうだと肯定することも、白雪の立場からするとできない。

けれど、目の前で恥ずかしそうに顔を赤らめながら、それでもまっすぐに自分を見つめる桃優の言葉を素直に受け止めたかった。

「ありがとう、ございます」

「……別に、お礼なんていらないわ」

こんな偽りだらけの自分を、友達だと言ってくれた。それがこんなにも嬉しくて、泣きたいぐらいに苦しい。本当の白雪について話すわけにはいかない。でも、だからこそ、それ以外のところでは桃優に対して誠実にいたいと強く願う。

「桃優様」

「なんですか」

少し緊張したような面持ちで桃優は応える。その手が固く握りしめられているのを見て、白雪は笑顔を向けた。初めてできた友へと。

「私も、たくさんの違いはあれど、あなたを友だと、そう思わせてもらってもいいですか」

「……そんな当たり前のこと、聞かないでください。友達というのはひとりでなるものではないのですから」

「はい」

これ以上、桃優に嘘を重ねない。それが、こんな自分を友だと言ってくれる桃優に今の白雪が見せられる誠実さなのかもしれない。

あの日から変な頼まれ事は少なくなった。

閉鎖された場所である後宮は良い悪いを問わず、噂が回るのは早い。どうやらあの日、桃優が蘭華を咎めたという話が、尾ひれどころか背びれまでもつけて後宮中に広まったおかげのようだった。

結局いったいなにが目的だったのだろうという疑問は残りつつも、答えなんて出るわけがないと思っていた。

「あ、あの」

その日、いつものように掃除を終え、塔に戻ろうとしていた白雪に、妙におどおどとした女の子が声をかけてきた。十歳ぐらいに見えるその子は、桃優たちに比べるとずいぶんと質素な襦裙を着ている。下級の嬪、だろうか。

泣きそうな顔で白雪を見上げると、覚悟を決めたように口を開いた。

「わ、私、えっと、あなたにお願いがありまして」

袖をギュッと握りしめながら早口でしゃべる少女は、どこか怯《おび》えているようにも見えた。

「私に、ですか？」

「は、はい。えっと、その、困っていることがあって、それで」

要領を得ない話にどうしたものかと白雪は頭をかいた。これでは誰かになにか指示をされて白雪に頼み事をしに来たと白状しているようなものだ。

「そうですか、困り事が。それでどうして私の元に？」

「え……？　ど、どうしてって」

「私にできることは限られています。困り事であれば、そうですね、たとえば太監様に言ってみられてはどうでしょうか？」

「た、太監様？　え、で、でも私はあなたに」

太監の名前を出した途端に、少女は慌てふためくようにバタバタと両手を動かしてみせる。誰だか知らないけれど、こんなにも嘘をつくのが下手なこの女の子に命じたのは人選を誤ったのではないだろうか。

「えっと、ああ、お名前を伺ってもよろしいでしょうか？」

「わ、私の、ですか？　あ、はい。私は王葉燕《おうようえん》と申します」

素直に名乗ってしまう葉燕が心配にすらなる。問い詰めれば黒幕へと近づけそうだが、葉燕が吐いたとわかればなにをされるかわからない。嘘をつくのが下手くそな葉燕を思えば、それは避けたかった。

「では、王葉燕様。私にできるのはこのままあなたを太監様のところへ連れていくぐらいです。どういたしましょうか？」

「ご、ごめんなさい！　もう大丈夫です！」

「そうですか？」

「はい。ごめんなさい！」

もう一度謝ると、葉燕は脱兎《だっと》の如く逃げ出した。そんなふうに走れば転んでしまうのでは、と心配になるほどだ。

「なんだったんだろう」

ふうとため息をつくと、白雪は重い気持ちを抱えたまま塔へと戻る。できれば葉燕とはもう会いたくないと思いながら。

会いたくないと思う人ほど会ってしまうのはどうしてだろう。

夕方、窓辺に座り外を眺めていた白雪の耳に、どこからか揉めているような誰かの声が聞こえた。窓から顔を出して辺りを見回すと、塔の裏手に位置する場所で葉燕とどこかで見た覚えのある女性が口論しているのが見えた。

「誰だったっけ」

塔にいることが多いとはいえ、白雪だって後宮に暮らす宦官だ。妃嬪と会った覚えがあったとしてもおかしくはない。

葉燕が言い争っているのも解せなければ、相手の女性を思い出せないのも気持ち悪くて、白雪はそっと塔の自室を抜け出しふたりの元へ向かった。

「だから、その、私にはもう無理です」

「無理なんて言える立場かしら。あなたは私の命令を聞いていればいいのです」

「で、ですが。いくら李昭容様の命であっても、私には……」

葉燕の言葉で、白雪はようやく女性の正体がわかった。李昭容。以前、桃優とふたりでいるときに咎めてきたあの女性だった。

けれど、今のはどういう意味だろう。李昭容が葉燕になにかを命じているようだったが、まさか葉燕に嘘をつかせた黒幕の正体は、李昭容――？

白雪は心臓がドクドクと音を立てて鳴り響くのを感じながら、足早に自室へと戻った。

「まさか、あの人が……？」

階段を駆け上り自室へと飛び込むと、扉を閉めその場にしゃがみ込んだ。もしかしてがどんどんと大きくなっていく。

証拠なんてない。でも、一度疑わしく思えると、すべてがそう見えてくる。

その後、妃嬪たちが白雪に声をかける後ろでほくそ笑む李昭容の姿を見かけるたびに、白雪の中で疑惑は確信へと近づいていった。

李昭容への疑いが深まるものの決定的な証拠は得られず、白雪は悶々《もんもん》とした日々を送っていた。そんな中、声をかけてきたのは、ひとりの宦官だった。

「蒼白雪、今日暇なら俺のところに来ないか？」

掃除をしていた白雪の肩に腕を回してきたのは、宦官にしては珍しくずいぶんと背の高い、恰幅《かっぷく》のいい男だった。

「この間は用があると言っていたが今日はどうだ？　お前が喜びそうな包子も手に入れたぞ」

この間、というのがいつを指しているのかはわからないが、どうやらこの宦官が声をかけてきたのは初めてではないようだった。

ニタニタと下卑た笑みを浮かべる男の視線が、白雪の身体に向けられている。その視線におぞましさを感じていると、誰かが白雪の腕を掴んだ。

「蒼白雪！　太監様が探していたぞ！」

「え……志平……？」

突然現れたまさかの人物に、白雪は戸惑いを隠せなかった。

最後に会ったときは、目が合ったにもかかわらずどこかへと立ち去ってしまった。あれっきり会わなかったので、避けられているのかと思っていた。

白雪の困惑する声に返事をすることなく、志平は宦官へと話を続けた。

「お前、太監様に頼まれてた書庫の整理を忘れてただろ。すっげー怒ってたから、さっさと行ったほうがいいと思うぞ」

志平の言葉に宦官は「ちっ」と舌打ちをしてどこかへと去っていく。

「ふう、よかった」

「え、よかったって……？　あの、太監様の命というのは……」

そんなこと頼まれていただろうか、と不思議に思う白雪に、志平は呆れたようにため息をつくと白雪の頭を小突いた。

「馬鹿か。そんなの嘘に決まっているだろう」

「え、嘘？　で、でもいったいどうして」

嘘をついた理由がわからずにいた白雪へ視線を向け、それから大きく肩をすくめた。

「いや、だからさ」

志平は辺りを見回し小声で白雪に言った。

「宦官たちの中で、変な噂が流れているのを知っているか？」

「噂、ですか？」

白雪は首を傾げる。そもそも朝の掃除以外、一日のほとんどを自室で過ごしている白雪が宦官たちと話す機会は少なく、噂話を耳にできるはずもなかった。

「いったいどんな……」

「……蒼白雪、お前が、女だという噂だ」

「なっ……！」

思わず声を荒らげそうになり、白雪は慌てて自分の口を手のひらで押さえた。いったいどうしてそんな噂が流れているのか。いや、それよりも、その噂を誰が知っているのかが重要だった。

「つまりあの宦官たちは、私が女かもしれないと思った上で声をかけてきたと？」

否定してほしいという願いを込めた問いかけは、眉間に皺を寄せながら頷いた志平によって肯定された。

「自室に連れ込もうとした方もいましたが……」

「まあ連れ込んで女かどうか確認しようとしたんだろうな」

「確認して、どうするつもりなんでしょうか」

「……お前の考えている通りだと思うぞ」

背中に冷や水をかけられたように背筋がゾッとした。

「わ、私は、男です」

「知ってる。俺はお前が入ってきた日に着替えていたのを見ているからな。それに身体検査があるのは皆わかっているはずなんだ。なのによくわからない噂にかき乱されて、たまったもんじゃないな」

呆れたように肩をすくめつつも、志平は白雪の頭のてっぺんから足の先までじろりと視線を向けた。

「ただお前も悪い」

「私が、ですか？」

理由がわからず、聞き返す。

なにか自分に落ち度があるのであれば気をつけたい。そう思う白雪に、志平は肩をすくめた。

「そうだ。女みたいに可愛い顔をしてるし、なにより入ってきて早々個室に移っただろう。あれが実は女だってことが主上と太監様に感づかれて、塔の一室に隔離されているって噂されてるんだ」

「事実無根です！」

「だったとしても、それを否定できるだけの材料は誰も持っていないからな」

志平の言う通りなのかもしれない。みんなの『もしかしたら』を打ち消せるだけの交流を白雪はしていないし、なによりも状況としては噂話のようなことがあったとしても不思議ではなかった。

「そうだったんですね……」

「否定したところで、『じゃああいつは塔でなにをやってるんだ』『どうして個室を宛がわれているんだ』って問われれば、俺だってなんの答えも持っていないしさ」

「そう、ですよね」

「主上の命だって言われたら、お前がどうにもできないのはわかってるけどさ」

なんだかんだと白雪を気遣ってくれる志平の優しさが胸に染みる。

けれど、まさかそんな噂が流れているなんて考えもしなかった。

「私が知らなかっただけで、周りの方々からずっとそんなふうに思われていたのでしょうか」

男に見えると安心していたのは白雪ひとりだけで、実は周りからは円領袍を着た女にしか見えていなかったのだろうかと不安になる。

そんな白雪の心配を志平は首を振って否定した。

「いや？　そんな噂、欠片もなかったぞ。というか、主上が女に興味がないのは周知の事実だったからな。どちらかというと、ついにお気に入りの宦官を見つけたかっていう感じで」

「え……？　では、どうして急に皆さんは急に？　志平、あの、その噂はいつ頃から出回り始めたのですか？」

「いつだったかな……。ああ、そうだ。二週間ぐらい前だ。宦官の誰かが差し入れに包子をもらったって言って、みんなで食べながらそんな話が出て」

「二週間……」

白雪の中でふたつの事象が絡まり合う。妃嬪たちが白雪に妙な依頼をするようになったのと、宦官たちの間で白雪が女では、という噂が出回り始めたのがほぼ同時期。これはいったいどういうことなのだろう。嫌がらせなのか、それとも別の意図があるのだろうか。

「白雪？　どうかしたか？」

「あ、い、いえ。どうしたものかと思いまして」

「一度服を脱いで見せるか？『男だぞ、文句あるか！』って」

「ふ、ふふ。志平ってば」

冗談を言って和まそうとしてくれる志平の気持ちが嬉しくて、つい笑ってしまう。

「まあ、それは冗談にしても、変な絡み方をされたら俺に知らせろよ。助けてやるからさ」

「ありがとう。私も自分で遇《あしら》えるように頑張ります」

「できるのか？　白雪に？」

疑うような視線を志平に向けられて、うっと言葉に詰まる。

「でき、る、はずです」

「本当かよ」

志平は楽しそうに笑う。その姿に白雪は安堵した。避けられているわけではなかったのだ。

「どうした？」

黙ったまま視線を向けていた白雪に、志平は不思議そうな表情を浮かべて首を傾げた。そんな志平にへへっと笑う。

「こうやって久しぶりにお話できて嬉しいなと思いまして」

「あー……。悪かったな。お前に会いに行こうとしたんだけど、その、個室に移ってから主上がよく顔を出してるって聞いてな」

ガシガシと頭をかく志平は、気まずそうな表情を浮かべていた。

「俺が顔を出しているときに主上がいらっしゃっても気まずいし、なにより主上がいるかもしれないって考えたら、おいそれと遊びに行くこともできなくて」

「あ……。そう、ですよね」

皇帝陛下がいるかもしれない部屋へ気軽に遊びに来られるわけがない。志平の言うことはもっともだった。

納得した白雪だったけれど、志平の話は続く。

「ずっと話しかけたかったのに主上の守りが厳しくて、全然声かけられねえしさ」

「そうだったんですか？」

「そうだよ。お前、なにも言わずに部屋も移動してしまうし。俺、部屋に戻ったら荷物がなくなってて驚いたんだからな」

「すみません……」

白雪も志平に挨拶したかったのだけれど、急《せ》かしに急かされてそれどころではなかった。その上、落ち着いてからもいつも星辰がそばにいて、志平に会いに行きたいなどとてもじゃないけれど口にできる雰囲気ではなかった。

「まあ、いいよ。俺もいろいろあって忙しかったしな」

「そうなんですか？」

「ああ。俺、今世話になってる殿舎の姫君がいてさ。もしかしたらその殿舎付になれるかもしれないんだ」

「それはすごいですね。おめでとうございます」

嬉しそうに鼻をかく志平に、白雪は心から安堵する。世話になったにもかかわらず、自分ひとりが個室に移ってしまったことがずっと気になっていた。けれど、殿舎付となれば今よりもいい部屋で生活できるだろう。

もしかしたら塔に部屋を持って、また一緒の場所で寝起きできるかもしれない。そう考えただけで心が躍るから不思議だ。

「ありがとな。まあうまくいけば、だけどな」

照れくさそうに鼻をかくと、志平はなにかに気づいたかのように顔を上げた。

「って俺、その方に頼み事をされてたんだった。じゃあ、またな。お前の変な噂も聞こえてきたら否定しとくから安心しろよ！」

それだけ言うと、志平はどこかへと駆けていった。頼りがいがあって優しくて楽しくて、あんな兄がいればきっと楽しかっただろう。

実際の兄は——もはや顔さえもはっきりと思い出せないぐらい、白雪にとって希薄な存在だった。


まどろみの中、誰かが白雪の髪に触れたのを感じた。一度二度と優しく撫でるその手の感触が心地よくて、つい頬が緩む。頬に触れる布は触り心地がよくて、擦りつけるように顔を埋める。これは夢だろうか。夢なら醒《さ》めないでほしい。

「起きたのか？」

「んん……って、え、あっ」

聞こえた声にうっすらと目を開けると、そこには白雪を見下ろす星辰の姿があった。疲れ果てていつの間にか長椅子に座ったまま眠っていたらしい。

「し、失礼いたしました！」

口の端から垂れていた涎《よだれ》を慌てて拭うと、白雪は身体を起こす。どうやら頭を撫でてくれていたのは星辰の長い指で、頬に触れていたのは袍だったようだ。袍にまで涎を垂らしていないか慌てて確認して胸を撫で下ろす。

どうやら朝の一件で疲れ果てて眠っていたらしい。まさか星辰が訪れたのさえ気づかないとは。

「どうした？　そのままでもよかったのだぞ」

「め、滅相もございません。星辰様の膝の上で眠ってしまっていたなど……」

「可愛い寝顔だった。だが」

星辰は引き寄せるようにして、白雪の頬に、そして下瞼へと触れた。

「疲れているように見える。なにがあった」

「あ……」

見透かしたような金色の瞳は、白雪を見つめる。その瞳から逃げられないことはわかっていた。

とはいえ、どこまで話していいのかも考えものだ。特に他の宦官が白雪に対して立てている噂について、主上である星辰の耳に入れてもいいのだろうか。

少し考えて、白雪はおずおずと口を開いた。

「その、失せ物をして困っている方がいらっしゃって」

まっすぐな視線を向けたまま、星辰は黙っている。

「探すお手伝いをするために少し歩き回ったので、そのせいかもしれません」

嘘ではないのだけれど、どこか後ろめたい気持ちが拭えないのはどうしてだろう。

星辰は少し黙ったあと「そうか」とだけ答えた。

「無理はするな。それから、誰かを助けるのはいいが、困り事があればすぐ俺に報告しろ」

「承知いたしました」

白雪を心配してくれていたことが妙にくすぐったくて、少しだけ照れくさい。そしてふと考える。どうして星辰は、白雪によくしてくれるのだろう、と。

本来であれば妃嬪に対して与えられるはずの愛情を、なぜか白雪がひとり受け続けている。

「どうした？」

黙ったまま自分を見上げる白雪に、星辰は片眉を上げた。

「いえ、その……以前、星辰様は男が好きなわけではないとおっしゃっていました」

「そうだな」

「では、どうして私に対してこのような……」

その先をどう伝えていいかわからず口ごもってしまう白雪の身体を、星辰は自分の方へと抱き寄せる。

「このような、なんだ？」

「あ、あの」

「ほら、言ってみろ。たとえば？」

「んっ……」

長い指を首筋へと這《は》わせると、そのまま衿の隙間へと指先を滑り込ませる。

「まっ……」

「こういうことか？　それとも、もっと違うことか？」

反対の腕を腰に回し、後ろから抱きすくめるようにすると首筋へと唇を寄せた。

「あっ、い、いけません」

「なにがいけないのか口に出してみろ」

「～っ。こ、こういう戯れすべてです！」

腕から、そして長い指から必死に逃れ、白雪は立ち上がる。目尻ににじむ涙を拭いながら星辰を見ると、おかしそうに口角を上げて笑っていた。

「そんなに怒るな」

「か、からかったのですか!?」

「からかってなどいない。お前が望むのなら、あれ以上のことをするのもやぶさかではないぞ」

「けっこうです！」

白雪が必死になって言えば言うほど、星辰は目を細め笑う。白雪の反応を見て遊ばれているということがわかったものの、だからってあんなふうに触れられて平気なふりなどできるわけがなかった。

数日後、白雪は朝――ではなく、日中に塔の外にいた。普段は朝の外掃除のときにしか外に出ていなかったので、この時間にいるのはどこか新鮮だ。

白雪はわずかに罪悪感を抱きながらも、初めてのことに心を躍らせながら他の宦官たちに交じって壊れてしまった家具の修理に勤しんでいた。

「おい、こっちの手伝いも頼んでいいか？」

「はい、大丈夫です」

志平の言葉に頷くと、頬を伝い落ちる汗を拭い袖をまくった。日の高いこの時間は、ずいぶんと気温も上がる。

「あっちー。汗衫でいちゃいけねえのかな」

「さすがにそれは太監様が黙っていないのでは」

「まあ確かにそうだな。あ、それ取って」

「はい」

地面に置いてあった道具を志平へと手渡す。

またこうやって話ができるようになってよかった。隣で真剣な顔をして壊れた小卓を直す志平を見て白雪は安堵する。

（それにしても、こんな姿を星辰様に見られたら大事でしょうね）

『そんなことする必要はない』と冷たく言う星辰の姿が目に浮かんで、思わず笑みがこぼれる。そんな白雪に「どうした？」と志平は怪訝そうな表情を浮かべていた。

「よし、修理完了っと。これでまだ使えるだろう」

手際よく直した志平に感心する。白雪ではきっとこうはいかないし、なんなら余計に壊してしまうかもしれない。

「それにしても、外国のお偉いさんが来てるからっていろんな宦官が外朝の方に行ってて、こっちは閑散としてるな」

「そうですね」

交流のある諸外国の重役たちが、鬼華国へと集っていた。いつもは白雪の元へと顔を出す星辰も、今日ばかりは外朝から身動きが取れないようだった。

いつもと違うのは後宮も同様だった。普段ならどこかしらに見える宦官の姿が今日はほとんどない。各殿舎付の宦官と、それから白雪たちのような役に立たない下っ端以外の、主に警備に携わる宦官たちは外朝へと駆り出されていた。

そのおかげで、白雪も今こうして志平と過ごせているのだけれど。

「ま、いっか。そのおかげで主上がこっちに来なくてこうやって白雪としゃべれるし」

どうやら志平も同じことを考えていたようだ。休憩がてら木陰に座り込むと志平は辺りを見回し、それから声を抑えて白雪に言った。

「そういえばさ、お前、主上とずっと一緒にいるだろ？　大丈夫か？」

志平から手渡された包子にかじりつきながら白雪は首を傾げた。

「大丈夫ってなにがですか？」

「ふぁから……んぐ」

口いっぱいに頬張った包子を志平は懸命に飲み込んでいた。白雪も口の端についた汁を舌で舐め取りながら考える。

確かに距離が近かったりよく触れたりはしてくるけれど、それは大丈夫かと言われると嫌じゃない、としか答えようがない。

いや、そもそも志平がそんなことを知っているわけもない。と、なれば『大丈夫か？』とはいったいなにを指しているのか。

真意がわからず首を傾げていると、志平は白雪の身体を頭のてっぺんから足の先までまじまじと見る。

「怪我《けが》……は、なさそうだな。具合も悪くなさそうだし……なにかされてる様子も……」

「志平？」

「あ、いや悪い。大丈夫ならいいんだ」

　訳がわからず困っていると、志平は首を振り、再び包子にかじりついた。けれど、『ならいい』と言われて『はい、そうですか』と引き下がれるわけがない。

「なにが『大丈夫か？』だったのですか？」

　包子を持った手を膝の上に置くと、隣に座る志平をまっすぐに見つめた。

「や、その。別にたいしたことじゃねえんだ。ただの噂話かもしれねえし。でも、お前が主上に気に入られてるから心配で」

「だからなんなんですか？　はっきりしてください」

　もったいぶった態度を取る志平に苛立ちを覚えて、少しだけ言葉が強くなる。そんな白雪に志平は「じゃあ言うけどさ」と声をひそめると、なにかを確認するように辺りを見回しそれから口を開いた。

「皇帝陛下に妃殺しの噂があるんだ」

「え……？　なに、言って……」

　冗談だよね、そう続けたかったのに、志平があまりにも真剣な表情をしていたので白雪は黙り込んでしまう。

脳裏をよぎったのは、水蘭の言葉だった。

『あなたのお姉様を手にかけたのも、きっとあの男に違いありません』

まさか、本当に？

ドクドクと心臓が嫌な音を立てて鳴り響く。頭から冷や水をかけられたように、冷たさが広がっていく。

そんな白雪の動揺に気づかないまま、志平は話を続けた。

「東の奥の殿舎に少し前に新しい方が入ったのはお前も知ってるよな？」

「東の、殿舎」

その言葉に、白雪の心臓が痛いほど鳴り響いた。

「以前いた紅昭儀という方が亡くなったんだが、その犯人が主上らしいんだ」

「う、そ……」

「嘘なんてつくものか。だいたいこんなこと嘘で言えると思うか？　誰かに聞かれてみろ。不敬で首が飛ぶぞ」

「それは、そう、ですけど」

こんな嘘をつくなんて思えない。でも、それでも白雪は信じたくなかった。星辰が白雪の姉である瑞雪を殺しただなんて……。

「いったいどうして」

「さあな。なにか不興を買ったのかもしれん。それで――」

「そんなはずない！」

「って、声が大きい」

志平は白雪の口を手のひらで押さえつけると、誰かに話を聞かれてないか確認するように再び辺りを見回して、それから白雪に向き直った。

「信じたくない気持ちはわかるが。実際に紅昭儀様はお亡くなりになられているんだ」

「それは……」

志平に言われなくても、瑞雪が亡くなったことなど白雪が一番よくわかっている。わかった上で、一番信じたくなくて、白雪自身の手で犯人を捕まえたくて、今この場所にいるのだから。

「それだけじゃない」

「まだ、なにか……？」

星辰のことは信じている。それでも不安な気持ちを隠せないまま、白雪は志平へと問いかける。

志平は声をひそめると、白雪だけに聞こえるような声で言った。

「二ヶ月と少し前、後宮にいた女官がひとり姿を消した」

「女官が？　それで？」

後宮から姿を消すなんて、そんなことが可能なのだろうか。不思議に思いながら、志平に話の続きを促す。

「ああ。当初は脱走かと考えられたが、いなくなる直前に女官が誰かと言い争うのを聞いたやつがいるんだ。その相手がどうやら太監様らしくてな」

「太監様……」

自分自身の唾を飲み込む音が、やけに大きく聞こえた。

「ああ。だが、太監様が独断で女官を始末するなんて考えにくい。なら、誰かに命じられたと考えるのが普通だろ？　そして太監様にそんなことを命じられる御方なんて、この後宮にはおひとりしかいないんだ」

途中から志平の話が頭に入ってこなかった。

二ヶ月と少し前のあの日、白雪と一緒に過ごしていた星辰の元を太監が訪れた。そのとき、星辰は太監に『殺せ』と指示していた。あれが志平の言う女官のことだとしたら――。

すべてが一本の線で繋がってしまった、気がした。

「大丈夫か？」

黙り込んでしまった白雪に、志平は心配そうに声をかける。なんて返事をしていいかわからず、首を振る。大丈夫かと問われれば大丈夫ではない。こんな話を突然聞いて信じられる人がいるだろうか。

（でも、もしも――）

そんなことあるはずない、と思いながらも、もしも志平の話が本当で、星辰が瑞雪の仇なのだとしたら……。

地面に生えた背の低い草を握りしめる。

水蘭に対価の話を聞いたときから考えていたことがあった。瑞雪の仇をこの手で殺したら、そのときは自分自身の命を差し出そう、と。あのときはただ、自分の仇討ちのために他の人の命を奪うなんて考えられなかった。

けれど、今はそれだけじゃない。水蘭は星辰を残忍だと言うけれど、白雪にはそうは思えずにいた。星辰と触れ合い会話をする中で、彼の温かさを、優しさを知った。対価として必要だったとしても、白雪に星辰を殺めるなんてできない。

それなのに、その瑞雪の仇が星辰かもしれないなんて。真実だった場合、今の自分は星辰を殺すことができるのだろうか。

瑞雪を殺した犯人を殺すつもりでここに来たのに、どうして今さら迷いが生まれるのか。

空を見上げると、白い雲が目に映る。

今夜の月は、どんな形をしているのだろう。白雪が覚悟を決めなければならない日まで、あとどれぐらい残されているのだろう。

志平から話を聞いて数日が経った。

あの日から、忠告とばかりに志平は瑞雪の、そしてどこから聞いてきたのか女官以外にも今まで星辰が殺した女たちの話を何度も何度も白雪に話した。どういうふうに殺されたのか、どんな不興を買ったせいで殺される羽目となったのか、殺された女たちの死体がどうなったのか。

最初こそ星辰がそんなことをするわけがないと思っていたのに。繰り返し聞くうちに、不信感が大きくなっていく。

さらに気にしているからか、他の女官や宦官たちが話す星辰の残虐非道な振る舞いまで耳にすることが増えた。

『自分の村に住む女は無理やり皇帝陛下の元へと差し出された』

『主上に対して粗相をした女官の首が外壁に晒《さら》されていたと聞いた』

『自分たち人間のことを同じ生き物と思っておらず、壊れてもいい玩具だと考えている』

毎日聞かされる星辰の話に、心の中が汚染され、まるで頭に靄《もや》がかかったようにうまく考えられない。正常な判断ができなくなっていく。

『もしかしたら』。そんな思いはやがて『どうして』へと変わっていった。

「白雪……白雪！」

「あ、え、星辰、様」

「なにを呆《ほう》けている」

すぐそばで星辰の声がして、白雪は慌てて顔を上げる。後ろから白雪を抱きすくめるようにして座る星辰は、白雪の頭頂部に顎を乗せ不満そうな声を出した。

「俺の腕の中で呆けるとはいい度胸だな。いったいなにを考えていた？」

「も、申し訳ございません！」

向き直って頭を下げようとするけれど、星辰は白雪の身体に絡めた腕を離すどころか力を込めた。

「俺の腕の中で、他のことを考えるな」

「…………」

考えていたのは星辰についてなのだけれど。ではなにを考えていた、と尋ねられでもしたら余計に困る。返事に窮していると、白雪が黙っていることに痺れを切らした星辰が返事を促すようにもう一度「わかったか？」と尋ねた。

「……はい」

白雪の答えに満足そうに頷くと、星辰は「喉が渇いたな」とつぶやいた。

「あ、では茶を淹れてきます」

「そんなもの誰かに命じれば――」

「いえ、それぐらい私にもできますので少しお待ちください」

星辰の腕の中から抜け出ると、白雪は部屋に用意された風炉釜を使い湯を立て、茶を煮る。白雪は円領袍の袖に隠した小さな紙包みを手のひらに載せた。

水蘭に渡された、皇帝を殺すための毒。それが包みの中には入っていた。

目の前の茶にこの包みの中身を入れれば、瑞雪の敵討ちも、そして水蘭にかけてもらった呪術の対価を払うこともできる。けれど、いや、でも。

何度も何度も志平から聞かされるうちに、白雪の中でどんどんと星辰に対する疑いが大きくなっていた。信じたいと思っていたはずなのに、今ではもう信じることさえできない自分がいる。いっそ問えたらいいのに。『どうして瑞雪を殺したんですか』と。

「白雪」

背後から、星辰の声がした。白雪は驚きと恐怖で肩を震わせると、手のひらの紙包みを握りしめた。

「ど、どうされました？　茶ならもう少しで淹れ終わりますので――」

「その包みは捨てろ」

「なっ……」

まさか、気づかれたのだろうか。紙包みを握りしめる白雪の拳に力が入る。小刻みに震える拳を、反対の手のひらで包み込んだ。

「それを入れた瞬間、俺はお前を処刑しなければいけなくなる。俺にそんなことをさせてくれるな」

「……っ」

処刑されることなんて怖くない。だってこの人は瑞雪の仇で――。

「白雪、俺を見ろ」

星辰は白雪の頬を両手で挟み込むと、自分の方を向かせ目を合わせた。金色の目にまっすぐ見つめられると、頭の中にかかった靄が少しずつ晴れていくのを感じる。

「せい……し……」

けれど、星辰の名前を呼ぼうとした瞬間、漆黒の渦のようなものが頭の中を支配していく。

「いやっ！」

「白雪！」

あまりの恐ろしさに目を閉じようとした白雪の名をピシャリと呼んだ。

「俺を見ろ！」

「あ……ああ……」

金色の瞳の中に吸い込まれていくような錯覚に陥る。ふいに足に力が入らなくなり、白雪の身体はそのまま星辰の腕の中へと崩れ落ちた。

「大丈夫か？」

「あ……れ？　私……」

どうにか顔を上げると、星辰は不快そうに眉をひそめていた。

「ちっ、俺の知らないところで呪術にかけられたな。完全にかかりきる前だったから今ので解呪できたが」

「呪術……ですか？」

なんのことかわからず、聞き返してしまう。

「大方誰かに俺を疑うように仕向けられたんだろう。俺が来られない間、お前のそばをさまよっていたやつがいたのでは？」

「まさか、そんなはず……」

志平の顔が思い浮かんで、慌てて打ち消した。志平がそんなことするはずがない。だって志平は、白雪が後宮に来て困っていたときに手を差し伸べてくれた。白雪に呪術をかけるなんて、あり得ない。

けれど冷静になった今となっては、星辰がなんの根拠もなく誰かを疑ったりしないとわかる。きっとなにか理由があるはずだ。

「そいつの名前は」

「徐志平です……」

「お前との関係は？」

「後宮に来たばかりの頃、数日でしたが同じ部屋で生活していて……私にとって、後宮でできた兄のような存在、です」

白雪の答えに、星辰は舌打ちをすると苦々しそうに顔をしかめた。

「そいつがかけたかはわからんが、お前に呪術がかかっていたのは確かだ」

「それは……」

志平がかけたものではなく、水蘭にかけられたものでは。そう喉元まで出かかった。けれどそれをばらすと、自分がどうやってここに来たかを話すことになってしまう。

少なくとも、星辰から『女だ』と指摘されていないのであれば、未だあの呪術は解けていないのだろう。

「鬼である俺の目に、幻術や呪術は効かない」

「え……」

「今回のものは術者が第三者を通してお前に呪術をかけようとしていたのだろう。そのせいで不完全な状態で呪術が発動し、結果上辺だけ呪術がかかった状態になっていた。そうじゃなければ今頃、お前は俺の胸に刃物を突き立てようとしていただろう」

背筋が凍《い》てついたかのように冷たくなる。カタカタと小さく震える自分の手を固く握りしめた。

――この手で、星辰を殺してしまうところだった。

告げられた言葉があまりにも恐ろしくて、想像しただけで心が引き裂かれそうだ。

「嘘だと思うか？」

黙ったままの白雪に星辰は問いかける。

白雪は静かに首を振った。『呪術がかかっていた』という星辰の言葉はきっと正しい。自分自身の感情が暴走する中で、星辰に言われるまま金色の目を見つめた。あのとき、白雪にかかっていた呪術が撥《は》ねのけられたのだ。だから頭の中が鮮明になったように感じたのだろう。

裏を返せば、それは何者かによって白雪に新たなる呪術がかけられていた証明にもなってしまっていた。

「徐志平はなにか言っていなかったか」

「なにか、とは」

「なんでもいい。自分の近況についてや身の回りでなにかあったと聞いた覚えはないか」

白雪は必死に志平との会話を思い出すが、特段聞いた覚えは——。

「あ」

「なんだ、話してみろ」

「い、いえ。たいしたことではないのですが……今お世話になってる殿舎の方がいると。もしかするとその方の殿舎付の宦官になれるかもしれない、と志平が話していました」

「どこかの殿舎、か」

なにかを考え込むように眉をひそめ、それから白雪を見つめ口を開いた。

「白雪」

まっすぐに見つめてくるその瞳から、目を逸らせない。

「知りたいことがあるなら俺に聞け。不安も不満もすべてだ。俺の知らないところで勝手に悩んで心を痛めるな」

星辰の言葉が、白雪の胸に染み渡っていく。けれど未だわずかに、本当に信じてもいいのだろうかと疑ってしまう自分がいる。

そんな白雪の不安を感じ取ったのか、星辰は袖に手を入れると、中からなにかを取り出した。

「それ、は」

「先日話した俺の銅鏡だ。これに誓う。だから俺を信じろ」

志平ではなく自分を信じろと、暗に星辰は言っている。他の誰でもなく、自分を信じろと。

白雪は、星辰が差し出した銅鏡に視線を落とす。

そこにあったのは、間違いなく幼い頃に白雪が持っていた銅鏡だった。円形の銅鏡が多い中、白雪のものは右端が歪な形となっていた。それは瑞雪のものと対となる形だったから。

ふたつの銅鏡を合わせるとひとつの文様が浮かび上がる。白雪と瑞雪を模した二匹の鳥が向かい合うのだ。

もしかしたら白雪の正体に気づかれていて、この銅鏡を持ってきたのかもしれない。けれど、もうそんなことはどうでもよかった。

今はただ、この銅鏡を再びひとつに合わせられた。それがなによりも嬉しくて、他にはなにも考えられない。

「あなたが、紅瑞雪を殺したのだと言われました」

「殺してなどいない」

「他の妃嬪のことも――」

「白雪」

白雪の言葉を最後まで聞くことなく、星辰は尋ねた。

「お前は俺が殺したと思うか」

「……わかりません。でも、あなたじゃないといいと、そう思っています」

殺していないと言い切れるほど、星辰のことを知っているわけではない。白雪に見せている顔だけではなく、主上としての顔も持っているはずだから。

それでも、この人でなければいい、この人でなくてほしいと願うのは──。

（いつの間にか、殺さなければいけないはずのこの人を好きになっていたから）

自分の中に芽生えた気持ちにようやく白雪は気づいた。そして同時に気づく。きっともう自分にはこの人が瑞雪の仇だったとしても、決して殺せないだろうと。

星辰に連れられるままに長椅子に座る。もう定位置となったように、星辰は白雪を自分の膝の上に乗せた。

「あ、あの」

「なんだ、まだ慣れないのか」

慣れない、というよりも自分の気持ちに気づいてしまった今となっては、先日までこの場所に座っていた自分に感心してしまう。

まるで全身が脈打っているのではと錯覚してしまうぐらいには心臓の音がうるさい。頬だけでなく、星辰と接している箇所すべてが熱を帯びていた。

「さっさと慣れろ」

「む、無理です」

「まあいい。恥じらっている姿も可愛いからな」

「かっ……わいく、ない、です」

白雪が否定してみたところで、まるで聞こえていないかのように星辰は笑う。つられるように、白雪も無意識のうちに頬を緩める。

背後からそっと白雪を抱きしめると、星辰はその肩に顎を乗せた。

「後宮で俺ができることはまだ多くない。正妃のいない後宮は、皇太后である母上が未だに実権を握っている」

そう話し始めた星辰の声が今までにないほど弱々しくて、白雪は心配になり振り返ろうとする。けれど。

「こちらを見るな」

白雪を止めるその声が、まるで『見ないでくれ』と言っているように聞こえて、静かに頷いた。

「後宮だけではない。外朝も未だに、父上の頃からいる重鎮たちが俺の見えないところで甘い汁をすすっている。そのせいで内廷にも外朝にも泣いている者がいる。だから俺は一日でも早くすべてを掌握したい。外朝は少しずつ動き始めた。次は後宮だ」

「星辰様……」

「そのために、隣に立ってくれる妃が欲しい。俺に守られるのではなく、俺とともに歩んでくれるような」

白雪を抱きしめる星辰の腕に、力が込められたのがわかった。そこに込められた想いに気づかないほど鈍感なつもりはない。けれど。

(私は、あなたの隣に立つことはできない)

白雪は瑞雪の敵討ちのためにここに来た。対価として皇帝――星辰を殺すために。だから……。

「いつか、そのような女性が現れるといいですね」

震えないように、涙声にならないように、そう伝えるだけで精一杯だった。

星辰を殺したくない。けれど、こうやってここにいる以上はすでに呪術による契約は結ばれているはずだ。

星辰が出ていった部屋で、白雪はひとりため息をついた。窓の外はすっかり闇が広がり、月明かりが後宮を照らしているのが見えた。星辰の後宮を。

「もうどうにもできないのかな……」

水蘭は、呪術の対価として皇帝を殺すようにと言っていた。さもなくば『白雪自身に対価を支払わせることになる』――つまり、星辰ではなく、白雪が死ぬということだ。

水蘭はそう脅せば、きっと自分の命可愛さで白雪が星辰を殺すと思ったのだろう。けれど。

「なんだ、そっか。そっか……。よかった、これで星辰様を殺さなくて済む……」

安堵のため息をつくと同時に、白雪の頬を涙が伝い落ちた。自分が選んだはずなのに、今さらこんなにも後悔することになるとは思わなかった。

「本当は、あの人の隣であの人と同じ未来を見ていたかった」

それは許されざる未来。白雪か星辰、どちらかは必ず命を落とさなければならないのだから。そして白雪のせいで星辰が命を落とすなどということは、あってはならないのだ。

星辰と話をしてから数日が経った。窓際の長椅子に座って白雪はなにをするでもなく、ただ外を眺めていた。

あの日から、白雪は部屋を出ていない。星辰からそうするようにと命じられていた。けれど、言われていなくてもきっと外には出なかっただろう。

外に出て志平と顔を合わせるのが怖かった。塔には近寄りにくいのか、部屋にいる限り志平がやってくることはない。ここにいれば志平と会わずにいられるのだ。

星辰は白雪が星辰を疑うように仕向けるために志平が白雪に呪術をかけたのだと言う。けれど、どうして志平がそんな真似をするのかがわからなかった。それ以上に、志平を信じたかった。

もしかしたら星辰の勘違いかもしれない。いや、志平がかけたのだとしても、そこにはなにか理由があるのだと思いたい。白雪にとって志平は、この後宮で不安で仕方がなかったときに助けてくれた唯一の存在だったから。

「……って、あれ？」

窓の外を見つめていた白雪は、少し離れたところに見える湖に人影を見た。

この塔は後宮の監視も担っているらしく、上階——特に太監の部屋からはある程度の場所が目視できるようになっている。白雪の部屋も低階なので遠くまでは見渡せなくとも、見晴らしはよかった。

「あれは、志平……？」

距離があるので絶対に、とは断言できないけれど、あの人影には見覚えがあった。

志平らしき人影は、湖の畔《ほとり》に座り込み動かない。

このまま志平から逃げていていいのだろうか。本当のこともわからないまま目を背けて、それでもし志平が処罰されたとしたら、逃げた自分自身を白雪は許せないだろう。

「うん、話をしよう」

話をして、真実が知りたい。それが白雪にとっていいことでも悪いことだったとしても。

白雪はそっと自分の部屋を抜け出すと塔を下りた。湖まではそう遠くない。今ならきっと星辰が部屋を訪れるまでに戻ってこられるはずだ。

小走りで志平のいた湖へと向かう。星辰に抱きしめられたときとは違う、不安とそれから緊張のせいで、心臓が音を立てて鳴り響く。

ようやく湖にたどり着くと、そこにはやはり志平の姿があった。けれど、ひとりではない。志平の視線の先には、華美な襦裙を纏った桃優の姿があった。

「なにを……」

湖を眺める桃優の後ろから志平はそっと近づいていく。まるで桃優に気づかれたくないかのように。そして……。

「やめて！」

「なっ」

志平が桃優の背中を押そうとした瞬間、思わず白雪は声をあげた。

白雪の声に気づいたのは志平だけではなかった。桃優も自分がされようとしたことに気づいたのか驚いたように悲鳴をあげて、その場に座り込んだ。

「今、なにを……」

「くそっ」

「志平、待って！」

顔を伏せるようにしてその場を立ち去ろうとした志平を白雪は必死に追いかける。

今、自分が見たものは幻だったのだと誰でもいいから否定してほしかった。

（だって、あんなのまるで、志平が桃優を突き落とそうとしたみたい……）

志平がそんなことをするわけがない。そう思いたいのに、目の奥に焼きついた光景はそうではないと告げていた。

「志平！」

ようやく追いついたのは、志平とふたりよく掃き掃除をしていた人気《ひとけ》のない庭園だった。腕を掴み引き留めるけれど、志平は白雪から視線を逸らしたままだ。

「志平、さっきいったい……」

歯切れ悪く問いかける白雪の手を、志平は乱暴に振り払った。

「志平……」

「なんのために追いかけてきたんだよ。見たんだろ？　俺があの人を湖に突き落とそうとしたところを。それで？　お前のせいで失敗したわけだけど謝りにでも来てくれたのか？」

吐き捨てるように言いながら振り返った志平は目が血走り顔を歪め、怒鳴りつけているはずなのに今にも泣きそうな顔をしていた。

「なんで、あんなこと」

「あの人が邪魔だから消してほしいって頼まれたんだ」

白雪の尋問に、志平は肩をすくめると口を開いた。頼まれた、という言葉が妙に気にかかる。

「誰に……？」

「それは言えない。でも、あの人を消せば俺を殿舎付の宦官に引き立てると約束してくれたんだ。だから俺は、あいつから買った形代《かたしろ》で……」

「形代？」

聞き慣れない単語につい尋ねてしまう。

「ああ、そうさ。あれがあればお前を操ることができる。お前みたいに主上に尻を振って得た地位なんてなんの価値もない。俺は俺の実力でのし上がるんだ」

そんなふうに思われていただなんて……。志平の言葉はまるで鋭い刃のように白雪の心に突き刺さる。

「私、は……星辰様に、尻を振ってなど……」

「嘘つけ。宦官どころか妃様たちもみんな言ってる。お前は汚い手を使って主上に取り入ったんだって」

志平の口元は歪な笑みを作っていた。

「そんな……志平はそれを、信じたのですか……？」

「当たり前だろ。じゃなきゃどうしてお前みたいななにもできないやつが個室なんて与えられるんだよ。俺のほうがお前より劣ってるわけがない。お前が汚いやつだから！」

「私、は……あなたを、兄のように慕っていたのに……」

白雪の頬を涙が伝い落ちる。そんな白雪から志平は一瞬視線を逸らすと、馬鹿にしたように笑った。

「兄だって？　笑わせんな。俺にとってお前は目障りな存在でしかなかったよ」

「……だから、私に呪術をぶつけたのですか？」

震える唇で問いかけた白雪に、志平は顔を歪めて笑った。

「気づいたのか。そうだよ、お前が皇帝に対して不信感を持てばいいと思ってた。お前と皇帝の間に亀裂が入れば、もう可愛がられはしないだろうって。だから俺は、あの男に金を払って形代を……」

「志平……？」

最後は口ごもったせいで、うまく聞き取ることができなかった。白雪が「もう一度言って」と促すよりも早く、志平は悪態をつきながらこちらを見た。

「でも、そっか。気づかれたのか」

先ほどと同じように笑みを浮かべているはずなのに、なぜか志平の表情が寂しそうに見えた。

どうして志平がそんな表情を浮かべるのか気になったが、それ以上に、白雪には確かめなければならないことがあった。

「志平に命じたのはどなたなのですか」

「それ、は」

「先ほど志平は、今回の件が成功すれば殿舎付の宦官に引き立ててもらえると言いました。あなたにそんなひどいことを命じたのは、どこのどなたなのですか!?」

志平が自分の意思で白雪に対して、悪意を持って呪術をかけただなんて信じたくなかったというのもある。

でも、なによりも、志平の心の弱いところにつけ込んで自分の手を汚さないまま利用しようとした人間が許せなかった。

「……話してしまえば、お前にも迷惑がかかる」

白雪から顔を背けると、志平は悔しそうな表情を浮かべ、ぐっと唇を噛んだ。

志平は白雪のために、自分がすべての罪を被ることを選んだ。けれど、白雪はそんなふうに守られたくなかった。もう自分のために誰かが傷つくなんてまっぴらだ。

「かけてください。私は、今でもあなたを兄のように慕っているのです」

白雪がそう伝えると、志平は俯いて黙り込んだ。そんな志平に白雪は言葉を続ける。

「それに、もうすでに迷惑はかかってるんですから、さらにかかったところで大差ありません」

そう言い切る白雪に、志平は一瞬真顔になり「確かに」と笑った。その笑顔は、後宮に来たばかりの頃、不安で仕方がなかった白雪の心を和らげてくれた、あの頃の笑顔と同じだった。

「――李昭容様……。それがあなたに命じた主、なのですね」

志平から話を聞いた白雪は、思わず眉をひそめた。まさかその名前が、ここでも出てくるなんて。

白雪に対する嫌がらせ、そして志平への命令。いったい李昭容の目的はなんなのか。

「ああ。でもどうするつもりだ？　主上に頼んで処罰してもらうのか？」

「それは……」

白雪が願えば、確かに星辰は李昭容を罰してくれるかもしれない。嫌がらせの件を報告したら、ある程度の処罰は免れないだろう。

けれどその根拠が、宦官である白雪と志平の証言だけでは弱い。せめてもっときちんとした証拠が欲しい。そうでなければ、星辰をただの暴君にさせてしまう。白雪がお願いしたからといって、むやみやたらに誰かを罰させてはいけない。

証拠がないなら、作ればいい。誰が見ても決定的なものを。

「ひとつ、頼みがあります」

白雪はとある計画を志平に耳打ちした。星辰が知れば激怒しそうな計画を。

数日後、白雪は再び塔を抜け出し、先日志平と会った湖にいた。茹《う》だるような暑さの中、畔で湖を泳ぐ魚を見つめていると、不意に誰かの叫び声が聞こえた。

「死ねっ！」

その声とともに、白雪の左腕に焼けつくような痛みが走った。けれど自身が負ったであろう怪我に気に留めている余裕はなく、振り返った白雪は鬼のような形相で自分を睨みつける相手を組み敷いた。

「な、にを……！　無礼者！　離しなさい！」

「あなたこそ！　その刃、を！　離してください！」

もみ合いになるうちに、二度、三度と女の持った刃が白雪の頬や肩を切りつけた。ぴりりとした熱さは感じるものの、不思議と痛みはしなかった。

切り裂かれた頬から血がしたたり落ちてくるけれど、女の腕を掴んだ手を離すことはできない。

この身体のどこにこんな力があるのだろうと思わせるほど、女は無茶苦茶に身体を動かす。白雪から流れ出た血のせいで、女を掴んだ手がぬめり力が緩んだ。

「死ね！　あなたさえ！　あなたさえいなければ主上は！」

「……っ」

気づけば女は白雪の上に馬乗りになっていた。血走った目を向け、下卑た笑みを浮かべた。

「ああ、これでやっと終わる。あなたさえ死ねばすべてがうまくいくのよ」

女は手に持った刃を白雪へと振り下ろした——はずだった。

「白雪!!」

襲ってくるはずの痛みを覚悟し目を閉じた白雪の身体は誰かに抱き起こされ、耳元で聞き覚えのある声が聞こえた。

「星辰、様……？」

恐る恐る目を開けると、そこには慌てた様子の星辰と、兵士に取り押さえられる女の姿があった。

いったいなぜここに星辰が。いや、それよりも。

「私、は……助かったのです、か」

「お前は馬鹿か！　どうして俺に相談しない！　なぜひとりで成し遂げようとする！」

「あ……」

白雪の身体を抱きしめる星辰の身体が小さく震えていた。こんな思いをさせたなんて、申し訳なさで胸が張り裂けそうなほどに苦しくなる。

不意に、星辰の肩越しに志平の姿が見えた。バツが悪そうな表情を浮かべ、こちらを見ている。ああ、そういうことか。

「言わないでって、お願いしたのに」

「あの者が自分が罰せられるのを覚悟で外朝へと駆け込んでこなければ、今頃どうなっていたかわかっているのか!?」

星辰は声を荒らげ、本気で怒っていた。それだけ心配をしてくれたのだと思うと申し訳なくなる。星辰に対しても、それから——。

「志平が……」

外朝に乗り込むなんて、無茶をする。そんなことをして、なにかあったらどうするつもりだったのか。

そこまで考えて、ああ、志平もそして星辰もこんな気持ちだったのかとようやく思い至った。そのとき、星辰が洟《はな》をすする音が聞こえた。まさか。

「泣いている、のですか……？」

「泣いてなどいない！」

「そう、ですか」

白雪は星辰の身体をそっと抱きしめ返す。銅鏡はもう持っていないけれど、こうやって抱きしめるための腕はある。泣いていた男の子の頭に手が届かなかった幼子の自分ではないのだ。

「星辰様」

「どうした」

胸元にそっと頬を寄せれば、星辰の胸の音が伝わってくる。心地のいい速さでトクントクンと鳴り響くその音が、白雪の心臓が奏でる音と重なって聞こえる。

「星辰様……」

鼻腔をくすぐる星辰の香り。いつの間にか、一番好きな匂いになっていた。

「だから、なんだ」

星辰の問いかけに、白雪は首を振った。

「……いいえ、呼んでみただけです」

ただ呼びたかった。あと何度呼べるかわからない、愛しくて大切な人の名を。

太監・邦翠霞による調査報告　其の四

長椅子に座る星辰の正面に、翠霞が眉間に深い皺を作り立っている。なにか言えばやぶ蛇だとわかっているからこそ、この微妙な空気の中、星辰は自室だというのに息をひそめるようにして座っていた。

「はぁ～～」

翠霞は長いため息をついたかと思うと、星辰を睨みつけた。

「なにをやっているのですか！　あなたも！　蒼白雪も！」

「お、おい。俺はお前の主だぞ。口の利き方に……」

「主なら主らしく、ここで大人しくしていてください！　揉め事の最前線に突っ込んでいく主上がどこにいるのです！」

ここにいると茶化せばきっと火に油を注ぐこととなるだろう。

「……心配かけてすまない。だが、惚れた女ひとり守り抜けなくて、国民を守れると思うか？」

「それとこれとは話が別です」

「まあ許せ。それに、こういうときのためにお前がそばにいるのだろう？」

ぐっと言葉に詰まる翠霞を見て、勝ったと口元が緩んだ。

「お前のおかげで俺は無傷だ。感謝している」

「星辰様……。今、うまいこと言って私を丸め込めたと思っているでしょう」

「いや、そんなことはないぞ。ちょっと俺のことを疑いすぎだ」

「今までの行いが、私を疑り深くさせたのです」

長い付き合いの友というのは、よくもあり悪くもあるものだなと肩をすくめた。

もう一度ため息をついた翠霞の機嫌は、先ほどよりもずいぶんと良くなっているように見えた。

「裏で糸を引いていた者についてなのですが、どうやら『白鷗村《はくおうむら》』の生き残りらしく」

翠霞が口にした村の名前に、星辰は眉をひそめた。

「あの村か」

今も深く刻みつけられている忌々しい記憶のひとつだ。先帝の名代として担ぎ上げられ、なんの権限も与えられず、ただ蹂躙される村を見ていることしかできなかった。

力がないとはこれほどまでに情けないことなのかと、悔やんでも悔やみきれなかった。

「俺のせいか」

「お前が悪いわけではない。十四歳の子どもにいったいなにができたというんだ」

星辰の言葉に、翠霞は憤りを隠さない。たしかに当時の星辰は子どもだった。それでも、星辰の名で遂行した残虐非道な行いの責任は星辰にあるのだ。

「まさか、許すというのか」

翠霞の問いかけに、星辰は間髪を容れず答えた。

「それとこれとは話が別だ。あいつが白雪を利用しようとしたことを俺は許さない」

どれだけの恨みがあったとしても、だ。

「まあ、そうだろうな。それで、どうするんだ?」

「なにがだ。生き残りに関しては今、追っ手を――」

「蒼白雪のことだ」

翠霞はため息をつき、近くの壁に身体をもたれかけた。

「ああ、それか」

几に置いていた銅鏡を手に取ると、脳裏をよぎる幼き頃の白雪と今の姿が重なった。

「それかって……。いくらお前が気に入ったとしても、あれは宦官。皇后にはできないんだぞ。それぐらいわかっているだろう?」

「わかっている。だから、俺はあいつを女として妻にする。あれは俺の隣を歩くだけの度胸を持った女だ」

「女としてってお前……まさか鬼の力でどうにかするつもりなのか?」

信じられないと首を振る翠霞に、星辰はニヤリと笑った。

「そうではない、あいつはな――」

きっと驚きのあまり満月のように目を丸くする友の姿を想像して。

第五章　今宵の月は金色に輝く

李昭容が処刑された、と聞いたのは腕の傷がようやく癒えた頃だった。

白雪が後宮へやってきて、もうすぐ四ヶ月が経つ。

白雪への殺人未遂だけでなく、後宮内での行方不明事件や原因不明の事故死など、李昭容が関わった数々の事件が明るみに出たらしく、処刑は免れなかったらしい。

白雪の姉である瑞雪の死も、やはり李昭容の仕業だったそうだ。

曰く『自分が昭儀になれると思っていたのに、瑞雪が昭儀となってしまった。だから瑞雪さえいなくなれば昭儀になれると思った』そうだ。

けれど李昭容のもくろみは外れ、新しく入ってきた別の人間が昭儀となった。それならば、と新しい昭儀を殺そうと命じるも邪魔が入って失敗してしまう。

さらに失敗の原因となったのが、星辰が夢中になっている宦官ということもあり、冷静な判断ができなくなったらしい。

「まあ冷静な判断ができなくなってもらったんだけどね」

白雪はわずかな荷物を詰めた袋を肩に担ぐと、辺りを見回した。

先日の李昭容の起こした事件のせいで、後宮内はまだざわついたままだった。今なら、白雪が抜け出したとしても気づく人間はいないだろう。星辰以外は。

「……本当に出ていくのか？」

手引きをしてくれるのは志平。本来であれば志平も処罰の対象なのだが、白雪が

『どうか志平だけは』と星辰に頼み込んだおかげで、こうして今日も後宮内で宦官として働くことができていた。

そもそも志平に形代を渡した相手はどうやら水蘭らしく、今追っ手を差し向けているると星辰が話していた。

もしかすると、白雪が星辰を殺せないことを見越して、手を打っていたのかもしれない。そう考えると、志平は白雪と水蘭との問題に巻き込まれただけなのだ。申し訳ないことをしてしまった。

「私の目的は終わりましたので」

「まさか李昭容様が手にかけた方が、お前の姉さんだったなんて」

志平には白雪が本当は女だということを除いて、今回の事件の発端となった瑞雪の死について話した。そして、瑞雪の事件が解決した今、もう後宮にいる必要はなくなったとも。

「お前がいなくなったら寂しくなるよ」

「……私もです」

「周充媛様には伝えなくてよかったのか？」

志平の言葉に心が揺らぐ。けれど、静かに首を振った。

「話せばきっと、心残りになるから」

「そうか」

それ以上、志平は引き留めなかった。その代わり、人のいい笑みを浮かべて、白雪に右手を差し出した。

「いつか俺が外に家を建てられるぐらい偉くなったら、また会おうぜ」

「……ええ、そのときはぜひ」

志平の手を握りしめながら、白雪はぎこちない笑顔を向けた。

その頃、白雪はこの世にいない。それを志平に伝えることはできなかった。

「じゃあ、元気で」

「ありがとうございました」

外に繋がる門をそっと開けると、白雪は志平に見送られ後宮をあとにした。

白雪は振り返らず、歩いていく。なんの因果かその門は、水蘭に手引きしてもらい後宮に来たときと同じ門だった。

「星辰様が知ったら、きっと怒るだろうな」

「当たり前だろう」

「ひゃっ」

思わずつぶやいた独り言にすぐ後ろから返事が聞こえ、白雪は思わず飛び上がった。

この声は、まさか。

「俺に内緒でどこに行こうとしている。紅白雪」

そこには、腕を組みながら塀にもたれかかり、切れ長の瞳をこちらに向ける星辰の姿があった。

「み、見逃してください。私はもう後宮には――」

「駄目だ。俺のそばから離れるなど許さん」

「駄目なんです！　私は……」

（あなたのそばで、死にたくない）

星辰が白雪を大切に想ってくれているのはわかっている。それゆえに、この人のそばで死にたくなかった。

だからといって自分自身が助かるために星辰を殺すなんて、白雪にはできない。それぐらい、星辰は白雪にとっても大切な存在になっていた。だから。

「私は……」

「白雪、俺を見ろ」

無理やり振り向かせると、星辰は金色の瞳で白雪を見つめた。

「この目はなんだとお前に言った」

「呪術を、解除する、目……」

「そうだ。それから、この目に呪術は効かん。どんな呪術も通さない」

そういえば先ほど、星辰は白雪をなんと呼んだ……？

「俺は最初から知っていた。お前が女だということも、あのときの少女だということも」

「う、そ……」

「なにか目的があるのだろうと思って放っておいたが、まさかあんな無茶をするなんて。あれではなんのために俺がお前を閉じ込めていたかわからないではないか」

塔に個室を与え、毎日のように通い、白雪のそばにずっといたのは、まさか守ってくれていたから？

「知っていたのであれば、どうして罰しなかったのですか？」

不思議に思う白雪に、星辰は首を横に振った。

「……お前のことだ。自分で納得しなければ、俺がなにを言っても聞かないだろう。追い出せば別の手を使って後宮に戻ってくるやもしれん。それなら俺の目の届くところに置いておくほうがいいと考えた」

「そんな……」

「違うか？」

「う……」

「どういう……？」

否定できず、口ごもってしまう。

そこまでわかった上で見守ってくれていたなんて、思いも寄らなかった。

「お前は昔から頑固だからな」

懐かしさと愛おしささえ感じさせるような口調で星辰は言う。

「それにせっかくお前のほうから俺の手元にやってきたんだ。わざわざ自分から手放すこともあるまい」

長い腕で白雪を抱きしめると「捕まえた」と星辰は笑う。こんなふうに笑うこの人を、自分の他にも誰かが知っているのだろうか。

知らなければいいのに——。

「白雪。お前にかかっていた呪術をこれから解く」

瞬間、空気が変わった。

「あ……」

痛いほどまっすぐに見つめてくる金色の瞳から放たれる眼光は、白雪の心ごと貫いてしまいそうなぐらい鋭い。

「目を閉じろ」

なにをされるかわからず心臓が高鳴るけれど、不安はない。だって星辰が白雪のためにしてくれることだから。

「はい……」

大人しく星辰の命令を聞き、白雪は目を閉じた。

「……っ」

その瞬間、唇に柔らかな感触が触れた。今のは、まさか――。

「せっ、な、い、今！」

「うるさい」

動揺のあまりうまくしゃべることのできない白雪を星辰は一蹴する。けれど、白雪も黙ってはいられない。

「だ、だって今の……！」

「黙らないともう一度するぞ」

「ぐっ……」

顔を寄せる星辰に、白雪は慌てて口を噤んだ。素直に黙る白雪に、星辰はふっと笑うと白雪の頬へと手を当てた。

「お前にかかっていた呪術はこれですべて解けた。もう対価を支払う必要はない」

「う、そ……」

「俺が嘘をつくと思うか？」

うろたえる白雪に、星辰はさらりと告げた。ブンブンと首を振ると、白雪はすぐそばにある星辰の顔を見上げた。

「それ、じゃあ」

「お前は死なない。これからも、俺のそばで生きろ」

そう告げ、星辰は今度は白雪の頬に口づける。そして……。

「で、でも！」

もう一度唇を重ねようとした星辰の顔の前に、白雪は手のひらを差し込んだ。

「なんだ」

「私は、宦官で……その、男の身体……」

少し苛ついたように言う星辰に、白雪はおずおずとつぶやく。

すると、星辰はふっと笑った。

「その身体の、どこが宦官だって?」

「え、あ……」

気づけば、平らだった胸にはわずかではあるけれど膨らみが見えた。

白雪は思い出したように首から下げていた小袋を取り出すと、中身を手のひらに転がした。そこには赤く光る綺麗な玉があった。その玉にはもう、黒い文様は描かれていない。

「呪術は解いたと言っただろう。それでもまだ問題があるというなら、続きは後宮の臥牀の中で聞いてやる。行くぞ」

星辰は白雪を抱き上げて先ほど歩いた道を戻り始め、やがて後宮の門の前へと立った。ふわりと白雪の身体を地面に下ろし、そっと白雪の手を取った。

「同じ未来を見て、隣を歩いてくれるか？」

もちろんですと頷きたかった。星辰の手を握り返したかった。けれど、白雪にはまだひとつだけ懸念が残っていた。

この手を取るということは、これから先の人生を星辰の妃として生きるということだ。図らずも白雪と瑞雪、ふたりの父である徳明の望んだ通りに。

そうなればきっと徳明が黙ってはいないだろう。妃の父親という立場を利用するに違いない。それは白雪の望むところとは、違う。

育ててもらった恩などこれっぽっちも感じていない。瑞雪が亡くなったあの日まで白雪などいないものだとして扱ってきたのだ。これから先も態度が変わらなければいいのだが、きっとそういうわけにもいかないだろう。それなら――。

白雪は覚悟を決めて、顔を上げた。

「星辰様。私に、新しい姓をいただけないでしょうか？」

「それはいいが、姓を捨てるということは、親だけではなくお前の大切にしていた姉さえも捨てることとなる。その覚悟はできているのか」

瑞雪の存在を思い出す。大好きで大切でかけがえのない存在だった瑞雪。自身の半身を捨てると考えただけで、この身を引き裂かれそうなほどの痛みを心に感じる。

けれど、もう覚悟はできていた。すべてを捨てたとしても、星辰の隣を歩きたい。この人のために、白雪にできることがあるのなら。

「そんな顔をするな」

白雪の目尻を親指の腹で優しく拭うと、星辰は小さく微笑んだ。

「意地の悪い質問だった。すまない」

「いえ、私は……！」

「大切なものを捨てる覚悟などしなくていい。大切なものはすべてお前の中に詰まっている。どんなに捨てようとしても、それは捨てられるようなものではない」

星辰の言葉に、白雪は目を見開いた。

大切なものをひっくるめて自分自身を作り上げている。白雪の中に、瑞雪が生き続けている。

「紅白雪。お前に新たなる姓を授ける」

少し硬い声色で、まっすぐに白雪を見つめ星辰は口を開いた。

「今日から紅白雪改め——瑞《ずい》白雪と名乗れ」

「瑞……白雪」

「お前のことをお前以上に大切に想っていた者の名だ。大切にするように」

「あ……っ。ありが、とう……ございます……」

大切な半身の名を授けられ、今ようやく白雪は瑞雪を取り戻せた気がする。

きっとこれから先、大変なことはいくつもあるだろう。でも。

白雪は握られた手を、そっと握り返した。

星辰からもらったこの名前を胸に、顔を上げて生きていく。

「で？」

わざとらしく腕を組み、星辰は白雪へと顎でしゃくった。

「え？」

一瞬、なんのことかと戸惑った白雪に、星辰は口角を上げた。

「返事は？」

答えなんてわかりきっているだろうに、わざと尋ねてくる。白雪の口から返事を聞きたいと言わんばかりに。

「はい、私でよければ喜んで隣を歩かせていただきます」

「お前〝で〟ではない。お前〝が〟いい」

「私も、星辰様がいいです。星辰様とじゃなければ、嫌です」

「よく言った」

目を細め微笑むと、星辰は掠《かす》め取るように白雪の唇に口づけをした。
あの日、不安な気持ちを押し殺しながらくぐった後宮への門を、白雪は再びくぐる。
大切な人とともに、同じ未来を見つめるために。
夢見た未来を歩くために——。

完

あとがき

初めましての方も、いつも読んでくださってる方もこんにちは、望月くらげです。このたびは『冷血な鬼の皇帝の偽り寵愛妃』を手に取ってくださりありがとうございます。

この物語は、双子の姉を亡くした少女・白雪が敵討ちをするために宦官として後宮へ向かうところから始まります。実家では忌み嫌われる存在として迫害され自分を失っていた白雪が、鬼の皇帝である星辰から愛され……。自分さえ我慢すればいいと思っていた白雪が、たくさんの人の想いに触れる中で、どんなふうに変わっていくのか、最後まで応援していただけると嬉しいです。

このあとがきを書いている今は満開だった桜にも緑色が混じり始めました。桜吹雪が舞い散るのを見ながら、白雪も星辰と一緒に見ているかな、桜色の絨毯のようになった地面を志平が箒を振り回しながら掃除をしているかな、それを見た翠霞はきっと眉間の皺を深くしているだろうなと、彼らのことを思い浮かべていました。

読み終わったあと、皆さんの中でもふとした瞬間に彼らのことを思い出してもらえるような、そんな作品になっていればいいなと思います。

それでは、最後に謝辞を。本作の元となった短編小説を『第35回キャラクター短編小説コンテスト』にて優秀賞に選出してくださいました編集部の皆様、本当にありがとうございました。

長編化にあたって、たくさんのアイデアと励ましで本作を一緒に作り上げてくださった担当編集の井貝様。おかげで素敵な一冊に仕上げることができました！　これからもどうぞよろしくお願いします！

そして、作品を読み込んでくださり、本当に美麗で素晴らしい装画を手がけてくださった御子柴リョウ様。ドキドキするふたりをありがとうございました！　あまりの耽美さに声を失うほどでした。

また、いつも支えてくれる友人たち、これからも切磋琢磨できると嬉しいです！

なにより、この本を手に取ってくださったすべての方へ、心からの感謝を。最後までお読みくださりありがとうございました。楽しんでいただけましたなら幸いです。

それではまたどこかで、皆様と出会えることを心から願って。

望月くらげ

この物語はフィクションです。実在の人物、団体等とは一切関係がありません。

望月くらげ先生へのファンレターのあて先
〒104-0031　東京都中央区京橋1-3-1　八重洲口大栄ビル7F
スターツ出版（株）書籍編集部 気付
望月くらげ先生

冷血な鬼の皇帝の偽り寵愛妃

2024年5月28日　初版第1刷発行

著　者　　望月くらげ　

発 行 人　菊地修一
デザイン　フォーマット　西村弘美
　　　　　カバー　北國ヤヨイ（ucai）
発 行 所　スターツ出版株式会社
　　　　　〒104-0031
　　　　　東京都中央区京橋1-3-1　八重洲口大栄ビル7F
　　　　　TEL　03-6202-0386　（出版マーケティンググループ）
　　　　　TEL　050-5538-5679（書店様向けご注文専用ダイヤル）
　　　　　URL　https://starts-pub.jp/
印 刷 所　大日本印刷株式会社

Printed in Japan

ISBN　978-4-8137-1590-0　C0193